你不扑上去
世界怎会
委身于你

周文武贝 / 著

青岛出版社
QINGDAO PUBLISHING HOUSE

图书在版编目（ＣＩＰ）数据

你不扑上去，世界怎会委身于你 / 周文武贝著. —
青岛：青岛出版社，2017.5
ISBN 978-7-5552-5223-8

Ⅰ．①你…　Ⅱ．①周…　Ⅲ．①散文集－中国－当代
Ⅳ．①I267

中国版本图书馆CIP数据核字（2017）第033997号

书　　名　你不扑上去，世界怎会委身于你
著　　者　周文武贝
出版发行　青岛出版社
社　　址　青岛市海尔路182号（266061）
本社网址　http://www.qdpub.com
邮购电话　010-85787680-8015　13335059110
　　　　　0532-85814750（传真）　0532-68068026
责任编辑　杨　琴
责任校对　耿道川
装帧设计　苏　涛
照　　排　刘丽霞
印　　刷　北京文昌阁彩色印刷有限责任公司
出版日期　2017年5月第1版　2017年5月第1次印刷
开　　本　32开（880mm×1230mm）
印　　张　8.5
字　　数　200千
书　　号　ISBN 978-7-5552-5223-8
定　　价　59.00元

编校印装质量、盗版监督服务电话　4006532017　0532-68068638

目 录

你不扑上去拥抱世界，
世界怎么会委身于你？

当你离自己越来越远的时候，
你离快乐也就越来越近了。

你不扑上去

世界怎会委身于你

辑一

人生 在 世

显露一个人品质的，
不是他在希望面前如何坚持，而是他在失望面前如何转身。

欲望

人生的烦恼无非有两种：得不到和要不要。

人们要谨记：在出演"人生"这部大戏的时候，不要太过敬业而伤害到身体，也不要太过投入而人戏合一。因为，没有人知道这部戏要拍几集，也没有人知道这部戏何时关机。留点实力，下一部戏。

在与欲望的战争中，屡败屡战。

人最难学会的一个动作是——洒。一旦掌握，你可以将其运用于各个领域，无往不利，是谓"潇洒"；可惜，大部分人不是做成了"扔"和"抛"，就是做成了"埋"和"放"。

有棱角的石头不断堆在一起，就是长城；没棱角的石头不断堆在一起，就是浅滩。当你圆滑地面对世界，真理就容易擦肩而过。

这个世界很不公平，有的人付出很多，得到却很少，有的人付出很少，但却获取很多。降生在这么一个不公平的世界里，却继承了一个苛求公平的灵魂，努力抹擦着沾满污浊的眼睛，在越行越陡的前路上嘶吼：你无可选择地来到这个不干净的世界，但你可以选择干干净净地回去！

比谁假，比谁花，比谁狠，比谁浑，就是不比谁真；谁是买方谁是卖方，考验我们的智慧。

当你与钱的距离越来越近的时候，钱与你所要的东西的距离往往越来越远。花钱，真的是门比赚钱更重要的学问。

人生，没有后台。人总是从一个舞台上离开，就到了另一个。所以，你不要指望永远抢眼，也不要试图一直光鲜；哪里都是角色，哪里都有观众，卸妆也好，休息也罢，都得在台上完成，因为你始终都在台上。

直觉总是告诉你：把注再下大一点。

人和人最大的差别，就是对欲望和时间的管理，前者决定你如何独处，后者决定你和谁共处。

There is only one thing you can't really get, that is the thing you really want.

（世上只有一样东西是你无法真正得到的，那就是你真正想要的东西。）

欲 望 单 一 化 ， 是 成 功 的 必 要 条 件 。

机
缘

早晨，是最适合做决定的时候，因为今天就可以付诸行动。

人类所有的美好都是短暂的，而这本身就是一种美好，它让人们不会忘记欣赏。

人最大的福分，在于权利的按揭。二十岁承担二十岁的责任，享有四十岁的权利；四十岁克尽四十岁的义务，却只行使二十岁的权利。虽然这样的人生看似失衡，其实好比吃饭，先浓后淡，前精后粗，兼顾了感官系统和消化系统，最为健康精彩。只可惜，绝大部分人申请不到这张信用卡，空攒一桌美味，无从下嘴。

人生绝大部分的选择，好似击鼓传花。你的花之所以到了那个人手上，不是因为你的判断或者意愿，而是由于鼓点在他面前

每颗种子都会开花，迟早而已；

每朵花心都会结果，缘分问题。

停止。没人说得出自己的鼓点何时会停，所以，天机就是时机。

每颗种子都会开花，迟早而已；每朵花心都会结果，缘分问题。

人生，可以伤感，但绝不遗憾。漫长如十年，终究得以遂愿。放心，老天和你一样没有忘记，他总会在最合适的时机安排销账。

生命是一辆公交车，你就是那个司机，沿途无数站点，接载无数乘客，你无法预知哪个上车，也无法阻止哪个下车，你到站就要开门，关门就得启动，乘客们上上下下，车厢内盈盈虚虚，每个乘客都陪你度过一段旅程，你无法控制它的长短，也不必期待它的永远，因为每个人有每个人的目的地，每个人有每个人的出发点，而你终将独自驶向属于你的终点站。回首空荡车厢，想起所有曾经与你同行的乘客，亲人，爱人、朋友、同事、对手……你会感激或长或短的陪伴，你会铭记或深或浅的交集。

当你突然发现接连遇到的每个人，其实都早已植入在了你生命周围，居然已经那么久，竟然曾经那么近。你得赶紧振奋精神，因为很可能是时候你的戏份到高潮了。人生什么都可以挥霍，就是不要浪费巧合。

对绝大多数普通人来说，人生没有简答题，只有选择题。

"可能性"是我们最害怕失去、最敢于捍卫、最值得追求的一种权利，无论是下一秒还是下一年，无限可能才是人生。

人生是出戏，一切巧合都是安排，一切安排也都是巧合。

人生最难过的离去，就是明天还来。

机遇就像姑娘，真正好的，总是羞怯的，面对你偶尔送个笑眼，便是抛来了橄榄枝，倘若你没抓住，她必矜持地离开，不再回来；那些个热情似火、生拉硬拽的，不是窑姐，就是荡妇，倒是成全了你的纠结和犹豫，但结局要么人财两空，要么损阳折寿。

人性

也许，随着年龄的增长，我们每天都将面临失去和诀别；也许，现实的无奈，使我们的心灵被尘埃覆盖，渐渐结成了坚实的硬块；但我们依然无法对失去习惯，只因为，那颗硬块，会因为每一次失去而碎裂；那颤动，会触及人性的最里面。

有时候，事情坏就坏在你过于强大了，比如人类。

究竟是以诚信为底线，还是拿效率作准绳，如果你觉得这是一个问题，那说明你的人性还没有走上市场化的道路。

一次别离，让我们看到现实的强大，它总是轻而易举地剥光人性，让善恶的外衣散落一地无从分辨，赤裸裸地凌辱敢于轻视它的人，只有迟暮的信仰才敢于叫停它的忘形，保留人性一点体面，只可惜信仰除了呼喝，便再也没了多余的气力，自打与人性分道扬镳，他已经不起再一次别离。

人性就是个腌豆腐坛子，盖子断不能揭，一旦揭开，决计反胃，只有封着盖子，才能远远地闻出点香来。

美女，是均贫富的重要手段。中国的基尼系数（国际上用来判断居民收入分配公平程度的指标）领跑全球，却高而不乱，一定程度上要归功于祖国各地，尤其是各大城市里，蚂蚁般执着、蜜蜂般辛劳的各种美女。

无论是敢于在道德上纵容落伍的洁癖，还是善于在处事上释放极端的气度，背后往往是一种近乎邪恶的自以为是。所以，清高无疑是一种时代匮乏的美德。

其实，没有人真正向往和平，只是暂时不想战斗。人格差异所导致的频率不同，注定了十二星座之间的战斗永不会停歇。

这个时代之所以苍白，就是因为想当英雄的人太少，想当赢家的人太多。

其实没有所谓解脱，除非死亡，但谁知死亡之后是什么？所以我们需要的只是暂时地解决，对疲累的解决，对欲望的解决，对困惑的解决。尝试去解决一些容易解决的问题，由小及大，慢慢便会感到轻松，不再寻求解脱。

人性就是深度近视，模糊常常被当作是美。

人性的危险在于非此即彼。男人执迷于夜夜春宵，往往只因未能白头偕老。大善退一步便可能是大恶。所以我们对于任何太纯粹炙烈的情感、品德、志向、操守，都需加倍小心，尤其是自己的。

心灵

　　人心是一把尺，白天比谁的刻度小，晚上比谁的刻度大；白天刻度大了，容易误事，晚上刻度小了，容易伤神；只有昼夜伸缩自如，方能求得快乐。

　　有些地方容得下你的心简单，有些地方容得下你的脑简单。在前者生活久了，人累；在后者生活久了，人残。

　　一个人的口味决定了他的情感归宿，杂食的都比较专一，挑食的都比较多情，食与色共同保持着欲望总功率的输出稳定。

　　深夜归途的情歌就像十字路口的亲吻，即使你的心毫无感觉，你的身体还是会有共鸣。年龄，就是麻木不仁除以撕心裂肺，小数点之前是一面镜子，小数点之后是一串回忆。

世上很多事，就像大海，几乎所有人的心里都向往它，可一旦身处其中，却又恐惧它，更无力控制它，只能借着阳光，浅浅地亲近它。

人之所以看到的各不相同，因为他们都是用心在看，而不是用眼。

人这玩意儿，就像天气，你想它变的时候，它就是不变；你怕它变的时候，它真的就变了。要想改变一个人，不能从他本身入手，得从他所处的大环境入手，人心也有蝴蝶效应。

情怀这东西，其实和食材一样，天底下到处都是，可人越多的地方就越容易假。情怀，有时候又像岁月，距离越遥远，看得越真切。

梦境是心灵的漫画，丑恶与美好都被加倍。

感慨是生命力的一种表现，人类艺术的灵感根源无非两个：感慨和痴迷。

人是什么，就是一份心，决心。心乱了，人就老了；心散了，人就没了。牙关咬得越紧，拳头捏得越硬，抛下足够多，眼前足够大……

我们以为社会是垂直的，所以不停向上爬；其实社会是平的，第三坐标只在我们心里。人生好像"跳大地"，从天空到平地不过几步而已。

人生是一场瑜伽，专注是呼，放松是吸。

人能随身携带的所有东西中，最珍贵的一个宝贝是原则。一、再窘迫也不要把它卖掉；二、要藏好，别随便露出来给人看到。

人能随身携带的所有东西中，

最珍贵的一个宝贝是原则。

一、再窘迫也不要把它卖掉；

二、要藏好，别随便露出来给人看到。

境界

JING JIE

人生的最高境界，不是理性的神机妙算、步步为营，而是感性的举重若轻、以柔克刚；讨人喜欢，永远是这个世道里最保值的硬通货。

俯视，往往并不代表优势。

世上只有高尚的行为，没有高尚的品质。

所谓格局，就是对于游戏规则，一部分人看得清楚，且敢于相信，另一部分人看不清楚，还不愿相信。

人与人的境界高低，不止看他知道哪些事情应该眼光放远，也看他明白哪些事情应当只顾眼前。

人最大的高贵，不是恰逢初生，而是历经消亡。乱世和盛世一样，是种奖赏。

人居其位而不失其志，方为志愿，人行其势而不断其力，方为英雄。

人生是竞技，是游戏。勤奋者把一天当一局，进取者把一季当一局，隐忍者把一年当一局，有志者把十年当一局，只有真正的智者把一辈子当一局。

魔都独步，这座城市太美，不需要纠缠，也会沉醉。

食物鲜美至极，意味着腐坏将至，社会、国家、人生亦然。

当你真正做到享受曾经拥有的时候，前面一拐弯，就是一溜的天长地久。

世上最美丽的东西有两样：过去的短暂和未来的长久。

在低处的时候，把现实当成历史；在高处的时候，把豪言当作台词。

——有感于昨晚在食堂看到发福的韩博，曾经的复旦燕园剧社社长、诗人，曾经万千复旦女生的偶像与复旦气质符号之一，不久前从某文化单位被收编入上海smg（上海文广新闻传媒集团的简称）的艺术人文频道，成为体制内新来的一位老编导。

　　看不见，是苦；记不得，是福。世间万象，都是栅栏里的画，看两眼就够了。

　　三十岁之前，好好做加法，三十岁之后，努力做减法。

　　志高而思远，心淡则人清。

智慧

等待是一种针对聪明人的娱乐。

乱世中，与其怀揣智慧，不如暗藏本能。前者酝酿心动；后者派发行动。

最智慧的语言是三个字：也 挺 好 。

静静地想，稳稳地爬；越浮沉，越坚定；越伤痛，越前行。

把历史吞下去，哪怕嚼不动；战术连续正确一百次也可能输，战略正确两次足以笑到最后。

真爱，就是今天的喜欢，此时此刻，确确实实，无关明天，无关未来。在北京的车流里，今夜享受这种情感，一切很迟缓，一切很浪漫。

一种智慧：对偶然性保持敬畏，对必然性保持忠诚。

简单的人，把打击变成外伤，看上去很惨，恢复很快；纠结的人，把打击变成内伤，看上去没事，恢复很难；强悍的人，把打击变成摇晃，晃一晃，又维持原样；聪明的人，把打击变成能量，受得越多，放得越强；天才的人，把打击变成营养，慢慢储存，化作自身。

智慧就像牙膏，必须挤压自己才能获得，而且挤得越多，越不成形。

所谓信仰，就是不跟着感觉走。为感觉而活，那叫快乐；为信仰而活，那叫坦然。有多快乐，就有多痛苦；有多坦然，就有多长久。天长地久这东西，你信，它就是一辈子；你不信，它就是四个字。

完美的成本就是容忍丑陋在你的背后。

人生是竞技，是游戏。

勤奋者把一天当一局，

进取者把一季当一局，

有志者把十年当一局，

隐忍者把一年当一局，

只有真正的智者

把一辈子当一局。

日子是杯龙舌兰酒，运气就是酒保的手；痛苦就是那杯口的盐，就为衬出那杯中的甜。

有时候，可爱来源于纯粹。

离二远一点，免得不三不四；二就是二，改不了搭三搭四。

聪明人往往知道谁在某方面比他们更聪明，而蠢人则往往不知；如果聪明人偶尔不知道了，那就叫"聪明反被聪明误"，而蠢人碰巧知道了，就叫"大智若愚"。

人只要紧紧握住自己最看重的东西就可以了，把其他的都给那些遇到的人，他们想要什么就给什么，开心富足、安稳刺激；你周围的人得到了他们想要的，就会回报你，也是一样的开心富足、安稳刺激；如果有一天，你遇到一个人什么都不要，就非要你手中紧握的东西，那么也给他，因为你今后紧紧抓住他就可以了。

菜场向来是瞒着真理约会真爱的地方。

聪明人往往知道谁在某方面比他们更聪明，而蠢人则往往不知；如果聪明人偶尔不知道了，那就叫作"聪明反被聪明误"，而蠢人碰巧知道了，就叫作"大智若愚"。

真理好像真皮，都昂贵，而且脆弱；真理又像真空，打个八折，都让人感觉窒息；真理更像真爱，你能抓到的，都是过期的。

做人有四个不要太好：

一、胃口不要太好；

二、耳朵不要太好；

三、人缘不要太好；

四、运气不要太好。

面孔是现钞，看到就知道它值多少；身材是信用卡，不刷就不知道它值多少；智慧是古董，看到摸到也不一定知道它值多少。

选择

　　哪怕你有足够的资本，也终归要在许多领域面临一个抉择：是领养一条小狗，还是光顾一个小丑。前者常常让你操心，但轮不到别人；后者总能让你开心，但也包括别人。

　　做饥饿但凶猛的狼，也不做安逸但求宠的狗。

　　不知道自己要什么是人的常态，一旦知道自己要什么的时候，人往往就疯狂了。

　　欲望好像小便，越憋越控制不住。

　　微博越来越像江湖了：你以为你可以离开，但只要你一回来，才发现你从未离开，也离不开。

　　要么爬上高处，要么逃往远处，摇摇欲坠的世界里，我们别无选择。

不明白自己要什么的，有两种情况：一、想不明白；二、不想想明白。两者都不悲哀，前者糊涂但幸运，后者英明而彪悍。

对一个兴趣太广泛的人而言，没有比确定自己对一件事情没有兴趣更值得高兴的了。

有些谎言可以欺骗所有人，却骗不了自己；有些谎言骗不了任何人，受骗的只有自己；有的人说谎是想要得到，有的人说谎只是为了失去。

世间最美丽的不是看到的，而是想到的。

人生最大的悲哀在于：好不容易选对了一次，却以为自己弄错了。
——此句献给广大屡败屡战的散户们及屡爱屡败的圣女们

所有的问题归根结底就是一个问题：人的所有需求怎么平衡怎么取舍？能在准确的时间搞清楚自己最大需求的人，就是强者。

人这辈子要想得意，只需做好一桩买卖：把自己给卖了。读书，卖的是自己的硬盘；考试，卖的是自己的内存；工作，卖的是自己的使用权；恋爱，卖的是自己的品牌形象；相亲，卖的是自己的市场预期；结婚，卖的是自己的所有权；社交，卖的是自己的衍生价值；生孩子，卖的是自己的核心专利；婚外恋，卖的是自己的特许代理。

这就是我说的"人生选择题"：大人物拼尽力气也许可以有机会自问自答一回，留下自己的人生答卷。但小人物虽然没有做简答题的机会，但还是可以通过无数次的选择来过自己的人生。虽然选择有限，但只要放得下，有失就必有得。

狮子虽强大，不见得比兔子快乐；兔子虽胆小，不见得比狮子无助，人生最大的选择就是做狮子还是兔子。

The key to most success of our life is to figure out when should be yourself and when should not.

（人生绝大部分成功的关键，在于搞清楚何时可以做自己，何时不该。）

与其辛苦地骑在别人身上，但没有高潮，还不如被强奸，

智慧就像牙膏，

必须挤压自己才能获得，

而且挤得越多，

越不成形。

却获得快感，世间很多事皆通此理。

人生从不缺乏涌动的暗流，我们缺乏的是随波逐流的勇气。

摆在我们天枰两端的往往不是三和七，也不是四和六，而是零点一和九点九，这才是真正令我们为难的地方。

同社会一样，人心也有种逐出效应，当你被许多其实很无聊的人和事不断烦扰的时候，反而会对本来应该很有意思的事物率先兴味索然。

有谁知道，人们究竟想看清，还是不想看清？清澈哺育了我的本能，模糊按摩着我的灵魂。

所有人都在追求可靠：工作是为了让收入可靠，婚姻是为了让爱情可靠，同居是为了让做爱可靠，应酬是为了让友情可靠；可最不可靠的就是人的选择，绝大部分人每天改变主意都超过十次。

坏的选择也可能有好的结果；二、自恋是个好东西，它可以保护你；三、尽量用心坚持，而不是用力坚持。

辩证

有些时候，行事要切忌一碗水端平，这样的处世哲学很容易导致一种局面：对好人太计较，对坏人太手软。

但凡二十年后看来英明绝顶的决定，在当初大都是与现实对立的冲动。

世界是个桌面，我们在网的两边，等待着球落到面前，却装作视而不见。

懒惰的最大好处是：它可以制止贪婪。

赌气把一件事做完，是比赌气把一件事中断更坏的一种习惯。

最令人失望的事往往是，意料中的终于还是发生了。我们想到了那层，却做不到那分上。希望自己想错了，结果是自己做错了。

在向着越来越多的所谓"公关公司"开骂之前，让我们先想一想，既然我们中有人看不惯，有人想呐喊，那么这个现象的原罪在哪里？是媒体职业素养的参差低下，还是媒体市场的畸形繁荣？

最坚硬的东西，要么极其纯净，要么极度混杂，如果你无力包罗万象，那就必须不惹尘埃。

世界上最美好的事情就是回味和向往，而我最擅长的事就是在两边荡漾。

最伤身体的是不吃早饭，最补身体的是不吃晚饭，所以对于肉身而言，没有是非，只看时机。

幸福，就是疲惫的时候随遇而安；自由，就是做梦的时候肆无忌惮。

睡觉如同恋爱，都是人生最普遍却又最难控制的事情。没有人知道自己会在何时睡着，也没有人知道自己会在何时醒来；更相似的是：比睡不着更严重的是早醒。

脚踩两只船，不见得一定是坏事，更可能是种本事，就看如何踩得潇洒，踩出价值。

是我们选择生活，还是生活选择了我们，肤浅的快乐和深刻的苦痛，哪个才是勇敢？我们的思考和我们的妥协，哪个更有价值？

误会，不是自嘲，我说的是实话。自以为聪明也分几种：一、大家都觉得他聪明；二、除了傻瓜，没人觉得他聪明；三、除了傻瓜，还有一部分聪明人觉得他聪明。幸运，我属于第三种。

抵制诱惑的能力和制造诱惑的能力是同步的。

人生重要的时刻，往往都是滑稽的。

坏人难得好一次就能办大事，好人难得坏一次就要坏大事。当坏人，做好事。

秘密是种财富，在此方面富足的人往往很有魅力。也不知道是秘密增添了魅力，还是魅力带来了秘密。

人绝不能因为他的目标有多正确，就在过程中让他认定对的东西去迁就错的，哪怕这种迁就既顺滑又体面。就好像一夜情，看似第二天一切依旧，其实已然不同。

由着性子付出的人，终有一天能由着性子索取；由着性子索取的人，终有一天被由着性子付出。

最需要勇气的事是在必然中寻找偶然；最需要毅力的事是把偶然变成必然。

有些东西是越多越生效，有些东西是越少越有用。前者，好像感觉；后者，譬如教训。

关系

人与人之间最难跨越的距离，不是时间、空间的阻隔，也不是地位、背景的悬殊，而是她一直在你眼前，但所有人都觉得你搞不定她。

谈钱伤感情这个说法很混蛋。其实，谈清楚了就不伤感情，谈不清楚才伤感情。

人与人的关系，好像筷子与筷子，一旦上手，碰不到一起，最是境界。

每一次人与人的见面，都是命运之球的撞击，也许改变了方向，也许改变了速度，也许是双方，也许是一方；而生命这个台面需要更多的曲折才会精彩，所以哪怕是最小的碰撞，也不要避让。

世界上最通行的硬通货
不是黄金，

而是人情。

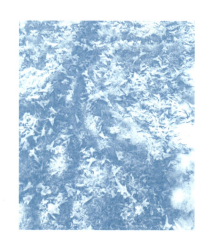

因为拥有过去，

所以值得未来。

人与人之间的至高境界，就是成为他人心头的一阵痛。世间关系，至亲至爱也好，至友至交也罢，迟早难逃分离。之后或日日揪心，或忽然神伤，或隐隐作痛，或泪不自已，你不知道它何时来，却知道它始终在。有痛，便是大缘；这痛，即是正果。

饭局，是偶然的大卖场。无论你是哪种人，都无法回避这个卖场，也无法保证空手而归，只是地点有不同，出手有大小。信息、八卦、人脉、暧昧，经过各种包装的偶然在这里汇集，不同的陈列，不同的搭配，局的意义尽在于此。

人类所有的故事，都逃不过一顿饭；人生所有的结果，都躲不过饭桌见。

世界上最通行的硬通货不是黄金，而是人情。多元投资，不如四处留情；欠钱可以不还，漠视人情很难；纵观官场、职场、军界、财界、外交界，乃至娱乐圈，莫不如是。人情是人类第一次使用火之前最伟大的发明，是数万年来社会进化最基本的运行介质。

出于对安全的偏执，人与人之间的信任如此脆弱，人与人之间的了解如此单薄。对外部提供安全的执着期待，结果是疏远了距离，模糊了清晰，殊不知，真正的安全感只源于自身的勇气。

所有对现在的坚守，无非基于两种力量：对未来收获的渴求和对曾经美好的珍惜。不同于其他关系，几乎每一段情感关系最终都将归于后者。因为拥有过去，所以值得未来。

人对人的口味，其实与人对包的口味一样，都不喜欢假的。各人有各人取悦他人的方式，就像帆布包也能卖断货一样。当然，最重要的是别进错门、上错柜，barkin（一种名牌包）放在大卖场里也不一定卖得好。

世上本无江湖，后来干娱乐的人多了，就圈成了江湖。圈里有侠有义，有厚有黑；圈中人过的都是刀口舔血、醉生梦死的日子。和书上一样，从来只有人进圈子，没有人出圈子；这个圈子很小也很大，外面的人永远看不清它，里面的人永远想不通它。所以，这个江湖还有个学名，叫"黑洞"。

人与人其实如同国与国，一切互动终归于对等，一切不对等的迟早以战争扯平、结束。

前戏太长，导致了人与人之间所有的冲突、错过、忌恨与战争。

太多的局，我们知道该什么时候到达，却不知道该什么时候离开，不知道这是种幸运，还是个悲哀。

心与心，就像船与船，靠太近，总是危险。

关于磨合，总有一种误解，认为是双方逐步改变直到互相契合的过程。所以当发现人都很难真正改变的时候，就容易陷入绝望。其实，磨合好像猜拳，是通过博弈制定规则的过程，它并不改变谁，只是决定谁退让，何时退让，怎么退让，退让多少，只有两个原则：一、既是游戏，就要投入；二、既然参与，愿赌服输。

混圈子的三条秘笈：一、让大家喜欢你；二、做真实的自己；三、别太急功近利。

同学聚会好像做梦，梦多了，容易疲惫；梦醒了，容易忘记。

选择伙伴，就是选择未来；任何不坚定，都是罪恶。

每个人心里都打了好多结，不知不觉地，成年累月地，在起起落落、左左右右之间，结越来越多，心越来越重，然后大家就一边继续起起落落、左左右右，一边到处找人解开心里的结。

于是，在茫茫人海中，每个人对解得开自己心结的人越来越依赖，而这种依赖又让每个人有了更多的起起落落、左左右右，又生出更多的结。

最终，无论是解不完的结，还是赖不住的人，都渐渐成了债。

辑二

有生 有活

既然过程是生活的真谛，那么目标又是什么？
是奖励，是惊喜，是不期而遇的淡定，也是求之不得的宿命。

生活

生活的悲剧，不是失败，而是不懂成功。

我们被丰富多彩的生活磨砺得粗糙不堪。

生活是一碗烂乌面，不论你怎么捣腾，怎么搅拌，还得一口一口吃下去。

如今，没有人愿意浪费时间去做一件目的不明的事，但在对目标的顶礼膜拜中，生活本身被浪费了。

没有记忆的人，总是处在食物链的顶端。遗忘，是种强大的武器，不但可以防守，更适合进攻……记忆清空得越快，生活的效率越高。

当你感觉生活太过丰富的时候，你就正在失去它。

人生跌宕起伏，有如电视剧，岂不快哉；生活百转千回，有如演唱会，岂不乐哉！

生活就是烧开水。有的锅子烧了半天，还是八十度；有的锅子刚一上炉就沸腾。你有几个炉子，又试过几口锅子，人生得失都在于此。

生活是个大花园，你我每天每时方方面面的付出都像是蜜蜂采蜜。那些看着就丑陋的花朵不要采，上天将其认作"丑"自有道理，往往乏蜜可陈，切忌存侥幸心理，以防徒劳无功；看着太鲜艳的花朵更不要采，世上无完美，艳的背后必有隐患，不是水蜜，就是陷阱。

生活好像口香糖，当它是糖果，够甜五分钟；当它漱口液，十分钟见效；当它小玩具，可吹一小时；当它装饰品，造型拗半天……你把生活当成什么，生活就给你什么。

任性是个宝贝，也分四个等级。一、从来想不到给自己找理由；二、总能给自己找到理由；三、找了理由，但不说出口；四、说了很多，都不是理由——历史上、小说中、身旁边的活宝，不论男女老少都可以框进这四类。

生活告诉我们减压需要放弃，但是我们面临压力第一个放弃的还是生活。

So hard to slow down the life as the life drop down yourself.
（要让生活慢下来很难，当你被生活绑定的时候。）

生活中困扰你的那些面孔其实就是一个个谜面，每猜到一个谜底，就会有扇门骤然打开。

既是旅途，便无终点，一路风光，皆是功德，远近随心，急缓随性，欲而不求，望而不冀，起终归一，大功告成。

无论你对这个世界多么好奇，他还是会让你疲惫；无论你对这个世界多么失望，他还是会让你追随；惭愧地面对自己，一无所有，除了年纪；骄傲地爱着你，命中注定，谢天谢地。

想要什么，最好马上得到——开脱自己比理解别人容易。

豁出去了，一次，舒服；豁出去了，两次，幸福；豁出去了，三次，佛祖。

忙是一种惯性，而刹车是有耗损的。

缓解压力的最后一招：肆无忌惮地吃，行尸走肉地睡！

模糊的目标，往往更容易得手。

工作中对你笑得越多的，生活中离你越远。

所谓虚度人生，就是在社会的道路上，只敢睬油门，不敢打方向。

救人无非救已，放眼芸芸，有几个人是在为自己而活；大到生死，小至荣辱，又有几人可以上下自由；生尚无潇洒，死何谈安乐，身不由已，何况乎生？

大凡聪明人都是被自己逼死的，智商和才能好像墨镜，让他们看上去很酷，但在黑暗里，他们总是看不到遍地的退路。

很多事情，拖着拖着，就幸福了。

江湖上从来不比功夫的真正高低，只比畏惧你的人究竟多少；江湖是一栋黑房子，所有人都在捧着刀子捉迷藏，自打互联网把房子碾成屋子之后，由谁捅得快变成比谁躲得快。

总是喜欢拖的人，拖到绝望之后才会发现希望，之前是视而不见的。

有些话说多了，就是消磨；有种事太担心，就是撕扯；有颗心太反复，就是背弃；有的爱太犹豫，就是泡影。

大部分人的辛苦来源于不认路，或不肯放自己一条路走，也许今天的出路退路，哪一天就成了门路、财路。

生活的悲剧，不是失败，

而是不懂成功。

现实

现实真正残酷的地方在于，每次你向着黑暗迈出一小步，都会发现熟悉的脚印出现在眼前。

世上很多事情好像烧菜，不是盐放多了再放点糖就可以解决的。

世间最难的就是真枪实弹地肤浅一辈子，而不是短斤少两地高雅一阵子。

这个社会很现实，并不可怕；身边人都很现实，也不可怕；直面自己骨子里的现实，才最可怕。

如果你的骨头硬不起来，就先让嘴巴硬起来；如果你的心还硬不起来，那就让你兄弟硬起来。柔软的垫子上比的往往都是硬碰硬的功夫。

效率社会的副作用：除了记忆，什么都是新的好。

一个尴尬的现实：好人常常不觉得自己愉快，坏人则往往以为自己很愉快。

很多时候，只有两种人的钱完全干净，一种是特别苦逼的人们，一种是超级牛逼的人们。

所有看似合理的传言，通常都是假的；所有看似疯狂的传言，往往变成真的。中年危机的上帝在生下了一连串的真实之后，又产下了荒谬这个小儿子，并且对他宠爱有加。

一个善于否定自己的人，归根结底是可怕的。

这年头，人就是产品，其实很平等。所有人不论贫富美丑，贵贱慧钝，无非就是他人的一个选择，或急或缓，或好或赖，或渴望或犹豫，或偿愿或断念……结果有无，一个选项而已；过程好坏，一段程序而已。情场职场，场场如此。如若有人把你当成了全部，别无选择，那么不是你眼一晕走了眼，就是他不小心走了心。

大部分的好事如果它还没发生，那么它通常就不会发生了；大部分的坏事如果它已经发生，那么它很快就没那么坏了。大到股市、民生，小到恋爱、职场，人生的枝枝叶叶莫不如是。

大部分的美女都更容易成功，只有一种除外：虚得不可爱，实得很纠结。

真理从来就是偏激的，真相自古都是粗暴的。

我们总以为自己是苍蝇，忙着找蛋，却不知不觉中开了缝，而便宜了身边的苍蝇。

有趣

聪明人的忙碌分三重境界。第一重：忙啊，挣着钱，不开心；第二重：忙哦，不挣钱，但开心；第三重：忙呢，很开心，还挣钱。

如果某天你发现自己在某方面做得不如某某人好，那你应该庆幸，前途依然光明。因为无论男女，最无奈的莫过于：你很好，但好事就没你的份儿。

相较于内心的赞许，其实表面的夸奖更有效率。虽然前者可在心理上持久地保温，但后者能在生理上瞬间地沸腾。

我们要相信奇迹，奇迹就是一系列处心积虑的意外。只要你想，他就还有。

我还没成功到可以丑的地步，可它已经写在了屏幕的左上角。

失败比成功更知道怎么不失败，所以好老师多半更像屌丝，而不是高富帅。

时尚是只养尊处优的猫，你唤它，它不会投怀送抱；你喂它，它不会摇头摆尾……你只有比它更慵懒淡定、更优雅自信，它才真正属于你。

当你终于意识到自我就是个屁之后，就不怕臭了，再大的动静，挥挥手不就没了？

大丈夫，只能有两个归宿，要么死在美人床上，要么活在后人嘴上，其他皆是虚度。

无论男人还是女人，在一生中，都要或早或晚地在生活方式上进行至少一次的探底。也许是少年的冥顽不羁，也许是青年的放浪形骸，也许是中年的夜夜笙歌，也许是老年的白发轻狂。当摸透自己再"坏"能"坏"到哪里去之后，大部分人才能心无旁骛地掉头探索通向"好"的道路。

时尚就是快乐的悲伤，时装就是把悲喜裹在身上，这里是天堂，这里是地狱，浮华洗尽，恍如一梦，把绝望扔进哈德逊河，把疯狂撒向大西洋，挥挥手……

口香糖与润喉片的区别在于：所有人都能看出前者在你的嘴里，但最终你会把它吐掉；而很少人会发现后者被你含在嘴里，直到你把它慢慢融化咽下去。

——答某位美丽而自恋的女主持质疑我粉丝比她多、转发却比她少的问题。其实，这也是流行和经典的区别。

人是杂食动物，思想也是。如果你食量有限，最好学会混搭。其实，两份有追求的报纸或杂志、一次有益的交谈，再加上随时随地阅读你的周围，这样的三餐对普通人而言足够营养大脑了。

——答一位粉丝关于推荐读书的问题。

时间

时间就像水，必须要足够的量，才能冲刷掉错觉和麻木，让刻在心头的印记真正清晰起来。

世上很多东西招人爱，就是因为它们既麻烦又平价，你时而消受得起，却消受不了，时而消受得了，却消受不起，兜兜转转之中，一辈子就陷进去了。

人生是一路无奈又刺激的选择，拥有了美好的事物，就缺失了美好的时间；领略了美好的力量，就错过了美好的心动。

生命的宝贵在于赋予了物质存在以某种程度的自由，珍惜生命就是好好享受这种自由。

人从神到鬼，只要一关门的时间，一转身的距离。

人生在世，不要去追求分配的精度，而要提高周转的次数。无论精力、情感、智慧，在时间上都讲究一个"快"字，快进快出，不求布点只求重点；空间上则讲究一个"透"字，全进全出，投得彻底收得干净。

古今中外，多少枭雄成烟云，只因晃了晃眼，小看了时间。它默默经过，你洋洋得意，一不留神，变了天。

绝大部分人的绝大部分精神痛苦来源于对公平的各种纠结，这种与生俱来的嗜好几乎参与了人类社会所有矛盾，因为人们总不明白，公平只有一个情人，叫时间。

人们总是不由自主地把生活变成一场赌局，眼里只有桌上大堆不属于自己的筹码，而忘了自己还有多少本钱，那是一种上帝给的有去无回的筹码，叫时间。

节约时间，挥霍生命，咬牙切齿地前行；不气馁，不跟从，特立独行地发疯！

人生最大的财富不是钱，是时间。

关于成功，有一个关键指标总是被大部分人所忽略，那就是花钱的时间得比赚钱的时间多，因为人生最大的财富不是钱，是时间。

是顺势而生，还是逆势而争，说到底是个时间管理问题。

时尚就是速度，正面是发展的速度，反面是淘汰的速度。

梦想

不要对梦想失望，虽然它常令我们感伤，因为有梦想的生活，才不止是"生"，更是"活"。

理想，就像儿时橱窗里的奶油蛋糕，一旦买在手里，看着很满足，可也消受不了许多。

胜利从来只有一种，任何对胜利的创新注解都将让梦想家们付出惨痛的代价。

追求真爱比追求真理难多了，因为真理像天上的星星，很高但位置不变，看得见看不见，你都知道它在那里，只是你暂时够不到；但真爱像地上的影子，是人都一定见过，光天化日下不离不弃，黑灯瞎火时若即若离，所以你永远也抓不住。

我有一个梦想，有一天，证明爱情它是只候鸟，停留短暂也不必悲伤，今天的美丽只不过暂时借给南方；我有一个梦想，有一天，发现友情它是条隧道，呼叫转移也不必紧张，眼前的隔绝只不过为了跨越更长。

　　至关重要的东西，我们往往都不带在身边，比如食物，带着不但沉重，而且一定会变质。因为其重要到离不开的地步，所以更要追求新鲜，更要每日去寻觅、发现、获取，其实，感情也好，信心也好，皆如是。

　　这个房间是地狱，浸满了我的痛苦；这个房间是天堂，释放了我的梦想。离开，是一首没有旋律的歌，回忆是它唯一的听众；明天，是一篇没有结局的小说，寂寞是它唯一的主角。

　　终于，我的兜里揣满了各式各样的情绪，我把它们像钞票一样地支付出去，从不找零，世界果然对我这个阔少另眼相看。我也很怀念那些把情绪捏在手心不舍得放开的日子。没有那时的苦，哪来今日的甜。

　　世界越黑，我越释然，因为在我心里，灰色与纯洁的距离就此越短。梦想就是粪坨里开出的一朵花，她得历经多少臭不可闻，才能够一朝香气逼人。

I have a dream of nothing but dreaming.

我有一个梦想，

就是除了做梦什么也不干。

哲思

　　智慧的最高境界是心态，幸福的最高境界是不懂，最朴素的成功秘笈是向数量要质量，爱就是离不开。

　　美丽，其实都是万物在抵抗规律和命运时的副产品。从飞翔到回忆，逆袭而动，或逆势不动，是一切美的起因。

　　有节日的都是弱者，可示弱是强者的秘笈，今天晚上弱不禁风的，明天早上都是芭比金刚。

　　世上很多东西，越看不清楚越美好，越说不明白越管用。

　　自以为是的高尚总好过心安理得的无耻，自欺欺人的清高也好过老谋深算的下贱。

肚子痛不是肚子的错，也不是食物的错，哪怕不是脑子出错，至少也是嘴巴出错。

动可勘小乱，静方存大乱，而知孰为大小者，是智也。

人生是一张单程票，错过的站台都不会是终点。

最高贵的品质都是没有迹象的，靠着幽默、漂亮、热情这些优点中的大路货才能蹭出曝光的机会。

孝也好，贞也好，义也好，礼也好，你守住了，它就是道，你守不住，它就是套。

最大的娱乐，就是看着一个人变掉，这也是最贵的娱乐，因为这个游戏很可能要花上十年。

有些事情不说出来，可能还不是问题，一旦说出来，就一定是问题。

最大的筹码是时间，最强的智慧是远见；人生虽短，但短中有长，善谋而用之，是谓圣者。

假如把人比作食物，那么成熟就是一种味道，与营养没多大关系。

意识形态无处不在，真理重复一万遍就变成了谬误！

人类最残酷的疾病就是遗忘，他毁掉你的起点，让你慢慢找不到终点。

一个领导者真正的成功，并不在于让大家知道你是对的，而在于让大家允许你是对的。

这年头，牛掰的不是你明年要赚多少，也不是你每年会赚多少，而是你到目前为止花了多少。在一切太不靠谱的事物和现象中，唯一靠谱的就是，别以为未来会很靠谱。

儒家，就是条盘山公路，看似鬼斧神工，蜿蜒壮观，实则向左越不过"理"的山壁，向右易滑入"性"的悬崖，兼容得步步惊心，柔软得无可奈何……神州多山，自古称奇，幸之瀚广，哀之幽深。

揭穿

真相就像一块旧抹布，谁都用到它，却永远上不了历史的台面。

如同大多数生活必需品一样，感情具有价格低廉、快速消耗、无法保值、包装过度等特点。

处女座，就像披萨，不论底子厚不厚，面子上随便撒点什么，卖相就差不到哪里去，至于味道，全看温度；天枰座，就像烤鸡，口感好不好，既要看出身年龄，又要看火候时间，方方面面务必兼顾周全，若想要登大雅之堂，就更得外有点缀，内有乾坤。

这个世上最不可相信的就是人的本能，比如胃口，感觉上都觉得可以装下一口锅，实际上都清楚不过半碗饭；又比如性，人来人往中一千个也想不够，夜深人静时十分钟也挺不住。所以，本能是你牵的一条狗，如果你不瞎就别跟着他走，你永远不知道令他躁动雀跃的是天边的晚霞，还是远处的骨头。

冬天不冷，就和女人不白一样，都是缺憾！

很多你拒绝了解的人和事物，其实很符合你真正的需求。

在心理上，把他人乃至自己，当成牲畜，是凡事获得圆满的一个诀窍。

肉食是欲望的亮剑，扒房（是五星级酒店必须要设有的全酒店最高档餐厅）是冲动的秀场！如今的扒房在原材料先天性疲软的阴影下，必须矫枉过正，扒价格，扒造作，扒光一切华而不实的伪饰，还原一个赤裸裸、血淋淋的餐桌给人性，人们才会放下偏见，走进去，用刀叉扒开自己的 钱包 。

醉，就像爱，之前总觉得过瘾，之后才发觉真他妈的难受！

人 生 是 一 张 单 程 票 ，

错 过 的 站 台 都 不 会 是 终 点 。

微博上的人其实都能归为两种，一种自以为聪明人，一种在寻找聪明人。可惜，我属于前一种。

超市里的泡面不是一种牌子和口味吧，微博也是，各人口味不同，需要不同吗。什么是自然，什么叫亲和？有人请客，我吃啥大家吃啥；有人宴宾，必精心准备私房菜。微博嘛，想说就说才是真谛，差异化才是魅力。至于道理，孔圣人讲过的道理，经过义务教育的人都知道，但是不是也不用再说呢？

关于房价，我从感情上希望它能如我们所愿，降下来。但是理性告诉我，只要那些把房产作为财富储藏主要手段的人不减少，房价还会坚挺。正如同金融危机，当投资者的颤抖被贪婪再次克服时，逆转必将来临，有谁听说过人类摆脱贪婪的先例？

魔鬼一旦跪下来，看上去也是善良的。辨别善恶，不看人心，要看手心。出卖灵魂，可以得到安宁；选择堕落，可以赶走寂寞。

大到政商巨贾，小到地铁人流，世界处处开满了红白玫瑰，人人身上都沾满了蚊子血和白米粒。

我们脱光衣服，扭动躯体，渴望着被观赏灵魂，可是聚光灯下只有暗疮、赘肉和痣。

国人爱赌，举世闻名。可惜绝大部分人喜欢花时间去赌手中的钱，而不是花钱去赌命里的时间。

巴西的结局告诉大家：影响人生的两大因素不是才能和经验，而是裁判和家世！

公平、真实、理解，都是一线奢侈品，一般人用不起。就算有了足够的资本，也还要看周围的环境，"木秀于林、风必催之"的道理，在人性这个卖场里尤其明晰。所以，妥协、含蓄、克制这些二线货，更容易赢得口碑和份额。

有些事情，好像脸上的痣，无论你怎么忽略它，别人还是能一眼看到。哪怕你一辈子不照镜子，它还是影响着你的日子。

微博上充斥着各种级别的自恋狂：初级的自拍；中级的自

白；高级的自嘲；顶级的自闭。

人类至今没有完成进化中最重要的步骤，绝大部分人还没有做到直立行走；入戏快的不是好演员，出戏快的才是；现实一定是丑恶的，而且新媒体让她越来越懒得化妆了。

终究没忍住，人的自暴自弃总是发生在自以为是之后。

教育与感情一样，不够比没有更糟，两者之间唯一的区别是我们在教育中努力理解这个世界，而在爱情中拼命理解那个冤孽，可绝大部分人的痛苦恰恰来源于那看不懂的一小块世界，绝大部分爱的纠缠恰恰终结于那耗不起的时间。故人生在世最大的悲剧是自以为很懂，执着了却头破血流；自以为很爱，认真了却遍体鳞伤。

微博就是赌博，实质是个"局"。新浪微博等企业好似赌场集团，即做庄家，又评赌王，引来粉丝们压的是时间，赢的是感觉。哪怕你围观也好，潜水也好，都是为场子里添了人气，做了广告。而庄家们除了保赚了热闹，还有一个更重要的宝贝：⃝预⃝期。

策划会就是个网球场，主办方装备整齐地站在网那边摩拳擦掌。可惜，大部分被邀请者都不明白对面的人心底里要的是什么。

最不屑这样的人：把男朋友当成工作，找到新的，才把旧的辞了；最鄙视这样的人：把缘份当成回扣，吃到嘴里，也不承认。最痛恨这样的人：把大度当成冰块，不停地要，但从不买单。

权力好似女人的乳房，永远汇聚着男人的注意力，可一旦得手，不过也就是把玩几下而已，反倒很容易把占有者带入一个尴尬的境地：要么继续掌握，直搞到自己殚精竭虑；要么就此收手，却担心人家即刻翻脸。

二十年爆炸发展没造就中国大众服务业的自我造血功能，数亿农转非带来的低成本，养肥的只是一群面色红润的废人，背后插根名叫股市的管子。

辑三

关于爱

最完美的关系：两个灵魂有三分之一的交集，
两具肉体有三分之二的吸引。

青春

　　青春已经勿庸置疑地成为记忆，无论多么规模宏大的聚会、多么令人期待的重逢都难免落得个冷清的散场，无法再抱怨些什么，只剩叹息。

　　青春就是胆量！就是相信不知道，就是挑战未经历；青春来的时候手忙脚乱，青春走的时候一片狼藉；你看不住他，他把得住你，他是男人的酒精，他是女人的日记。青春是人生赌桌上最大面额的筹码，你押出去，他可能还会回来，你若不敢，他也会被兑换成其他。光阴荏苒，沧海桑田，我的青春还在手，你呢？

　　有那么一个人，一直在那里，你灰暗，她不远离，你光芒，她不走近；有那么一个人，一直在那里，你奔跑，她是拖影，你停息，她是足迹；有那么一个人，一直在那里，你自信，她就挑剔，你自卑，她就攻击；我不确定这算不算爱情，但我确信，那画面里有关心，那距离间有神灵。

——献给等了四年的姑娘们。

我们曾经最想离开的地方，其实就是我们最离不开的地方。青春，就是疼痛，只要它还在折磨你，就还属于你。

青春与我这一夜偷情，她突然回来，瞬间包裹，无可抵抗。我昏昏沉沉，飘飘荡荡，眼里泛着波浪，心里清醒知道，明早她不会在身旁，却依然任由自己，慢慢烧光。

大家都知道现实冷酷，但大家都想在冷酷的现实里抓住些温暖，哪怕握住的只是自己的体温。可即使如此，我们手中的东西还是会慢慢变冷，不止带走我们的体温，还有青春。

青春，像水花一样溅入了我的眼睛；美丽，像糯米一样粘住了我的舌尖。

人到中年，有两件事最感悲凉。一、你发现曾经拥有的，再也不会有了，比如青春。二、你发现曾经想有的，现在很多，却抓不住，比如感觉。

哄一个人，就是给他他想要的东西；疼一个人，就是帮他得到他要的东西；害一个人，就是拿他不要的东西换他要的东西；伤一个人就是给完之后再拿回他要的东西。

我们在回忆，说着那岁月，路边的早点悠悠冒着香气，骑车的我们匆匆拨动铃音，那年的春天为什么那么干净，好看的姐姐你们都去了哪里，我们在回忆，春光的美丽。

我们曾经在这里厮混、幻想、沉醉、笑声回荡，至今路过，看见树影下的青春，面貌依旧，快乐无比，二十年，竟不曾醒来。

爱情

感情好像煎牛排，要想不粘底，油就不能早加，锅子还得够烫，这里面的拿捏，靠的可不只是经验。

爱一个人，就去他长大的地方走一走、看一看，知道了他从哪里来，也就明白他要往哪里去。

爱情，就像是燕窝，只要是真货，绝对能让人变得更好。

谈恋爱，就像盖被子，都是刚需，想睡得舒服，总得盖一条。不同之处在于，有的人最多盖一条，觉得不够，就换条厚的，直到鸭绒虎皮；有的人一条不够就加一条，两条不够就再抱一条；有的人总裹得紧紧的，一觉到醒；有的人刚睡下盖得很密，一到半夜全都踢开；正所谓，睡相看人品，被子现本质。

青春是人生赌桌上
最大面额的筹码，
你押出去，
他可能还会回来，
你若不敢，
他也会被兑换成其他。

激情好像鸡蛋，结局无非两种，要么从外面被敲碎，要么从里面被啄破。

从一个人对于麻将与斗地主的偏好中可以推断此人的爱情观，前者兴趣广泛且喜新不厌旧，后者口味专一但只爱眼前人。

情感珍贵得好比黄金，但镀金远比纯金更坚硬，所以在利益基础上的情感往往比单纯的情感更牢固更持久。

最愉快的是付出真心，最难得的是能将心比心，最勇敢的是对别人放心，最疲惫的是处处留心。

如同大多数的生活必需品一样，感情具有价格低廉、快速消耗、无法保值、包装过度等特点。

爱情好像一只电子表，没电的时候，大部分人都选择买一个新的。

上海男人的爱情，集中表现为一个"贴"字。对她的生活要体贴；对于她的行程要黏贴；对她的决定要服帖；对她的需求要补贴；对她的冷脸要倒贴……总之，贴得越多，爱得越深，关系越稳固，双方越和睦。其实，不管是北方爷们，还是港台先生，但凡在上海遭遇本土爱情，都会对"贴"字活学活用、入乡随俗。

爱情是一只悄无声息的猫，你养它养得越久，就越不知道它会何去何从。

你是我心底最干净的那页纸，揣摩许久也不舍得动笔，直到写下我生命里最高亢的那段歌词，然后，折成一枚纸飞机，用尽纯净的力气，掷向缘份的天空，眼看着在美丽弧线的末端，我们才渐渐分离——致青春不再，但激情依然。

想爱就爱，想赌就赌，人生下来就是受伤的，否则怎么舍得死？人总得为瞬间的沸腾而忍受长久的灼烤。

情感，是我们养在心口的猫。有时候，它会突然不吃不喝，不跑不跳，也不要你抱，也不朝你叫。这个时候千万不要把它扔掉，它很可能并没有死亡，只是有些疲劳，不如让它静静地睡个好觉，醒来它定会精神更好。

爱情就像大排档，菜单上的选择越少，端出来的东西越好。

《东爱》完完全全塑造了我的爱情观：每一段爱情都是一根火柴，点燃对方只是意外，烧尽自己才是宿命。

也许爱情无法永远惊奇，也许记忆无法永远清晰，但我们仍可以拒绝忘记，忘记那曾经平凡的点滴，不论一起还是远隔天际，惦记依然在彼此的心里。

我这一辈子，唯有一件事情很感兴趣却又做不好的，就是谈恋爱。所以无论在世界任何地方，每次我一个人看电影都会买两张票，然后在某天遇到她的时候，拿出一堆票根和她说，你欠了我一千场电影，因为你的迟到。

每一段严肃的男女关系都应该从看三场电影开始，第一场电影可以看出他是不是你要的人，第二场电影可以看出你是不是他要的人，第三场电影可以看出你们彼此是否想要对方的

人，如果你们接下来还要一起看第四场电影，那么你们已经是
自己人了。

一场爱情的开始，都是极其荒谬的，就如同它的结局都是
极其雷同的一样。如果你遭遇不到爱情，那说明你已经不够荒
谬，这个时候你需要去靠近一些极致荒谬的东西，比如青春，
又比如死亡，立刻，世界会因扭曲而寡淡，某人却因扭曲而灿
烂。毕竟，爱情不是一个你面前的人，而是一场你心里的戏。

关于爱情：一、他爱你，他就是最好的；他不爱你，他的
好坏与你何干。二、可以欺骗对方，但不要伤害对方。三、不
要期望对方永远爱你，但要给对方你会永远爱她的希望。

爱情，就像疼痛，它在的时候，你真真切切地感受到它的
存在，如此真实，无法漠视；它不在的时候，你就很难再说清
楚它是什么样子，它怎么来的，又怎么走的，好像它从不曾属
于过你。它要么被你遗忘，要么与你一起消亡。

很多东西，不能因为你和你周围的人看不到它，抓不住
它，就认为它不存在，比如时间，比如爱情。相信，本身就是
种拥有。

谈恋爱，就像盖被子，都是刚需，

想睡得舒服，总得盖一条。

一场爱情的开始，

都是极其荒谬的，就如同它的结局

都是极其雷同的一样。

爱情，就是一门功夫，也有三个特点：一、入门容易，出师难；二、一旦守住新鲜之后的枯燥与绝望，你就能受用终身；三、有它的人和没它的人，就是不一样。

爱情，是门妥协的艺术。可大部分人无此天分，把艺术做成了技术，于是，越熟练，贬值越快。

真正耗损人的，不是想不明白：爱还是不爱，而是爱情它到底活了多久？

爱情，就是花一晚上做梦，再花一辈子把这个梦弄明白。

如果你觉得对方不够爱你，那是因为你不够懂得遗忘；如果你觉得对方不够爱你，那是因为你不够享受跌宕；如果你觉得对方不够爱你，那是因为你不够自我欣赏；如果你觉得对方不够爱你，那是因为你还不够疯狂。

每一段感情都是一个铃铛，而我们就是那个环。不论是幸运到蛮横地只套了一只，还是精彩到无奈地套了许多只，铃铛永远都挂在那里，每当命运发生起伏和波折，它们就会发出声音。那声音很好听，那声音传到心里。

恋爱，其实是人最重要的一项使命，无论你的人生还剩多少路，一位合适的伴侣都是使之充满意义的必要条件。不要拿自己与献身各类事业的伟人相比，他们心无旁骛，要么因为好运气而早早搞定，要么因为好心态而固本守拙。即便如此，一朝选错也是满盘皆输。所以，凡人们就要理直气壮、不依不饶地去完成使命。

恋爱，就是原地挖坑，脚下挖得越宽，人就埋得越深。今天的自在，就是明天的无奈。

男女恋爱在一起，就好像一屁股坐到沙发上，一开始总是舒服的，可时间长了总要挪动一下，换个姿势，这既和沙发的软硬没关系，也和屁股的大小没关系，人的脊柱决定了这一过程。而沙发的存在就是为了让人可以在不站起来的前提下，自如地换姿势，而太师椅就很难。因此自发明以来，沙发普及率越高，人越浪漫。

恋爱就是一种赚零花钱的工作。

爱不代表认可，所以脱胎于友情的爱情往往很经济。因为由理性的宽容到感性的依赖易，由感性的激情到理性的接纳难。前者是平地上翻篱笆，后者是狂风中下云梯。

对待爱情的态度：把它当成一瓣蒜，你一旦吃下去，就别再吐出来。

虽然，爱情只是化学反应，但你投入的东西越丰富，作用时间就会越长久，变成连锁反应；如果你投入的东西足够稀缺，足够细密，那么连锁反应最终就会演变成核子反应，源源不断，停也停不下来。

真正的爱情，是莫名而突然的，没有标准，也没法预期。究其背后，往往有一个缘由若隐若现：你能在他身上看到自己。现在的，曾经的；期望的，怀恋的；不论哪种，人都不需要理由去爱自己。

爱情，她姓勇敢，如果她患得患失，就别想进幸福这个家门。

——七夕第三天，勇敢的情人们的节日才刚开始。

爱情，是我们认识世界最快捷的途径，也是世界迷惑我们最惯用的手段。

爱情，就像健康，往往直到你失去它时，才发觉它曾真真切切地属于你，而之前你常常会意识不到它的存在。

交女朋友好像收藏钟表，越高端、越限量、越昂贵的，越值得投资。比起那些价格也不便宜，拆开包装就对折的二线品牌、二线产品，这类高价货虽然花费颇巨，但收益稳定、回报放心，值！

如果我放不下恨我的人，我就对不起爱我的人。对待背叛最好的态度，是爬得更高一些，让他们变得渺小。

缘分，就像德州扑克。有时候，它早就找上了你，你却还以为自己运气烂，幸亏跟到最后，掀了最后那张底牌，才大呼后悔：怎　么　没　有　清　台……

感觉是吃到嘴里的肉，感情是长在身上的肉。嘴里的肉再鲜美，也只不过穿肠而过，天知道能吸收多少；身上的肉再累赘，也能储藏营养，割下去都要流血，更不能一下子长得回来。为了感觉，割掉感情，就像拿身上的肉换嘴里的肉，减的不是肥，是命。

真爱，其实没那么难找。爱得真切，就是了。只不过口口声声要真爱的我们常常找的不单是真爱，而是热爱、偏爱、溺爱、崇拜，又或是自我的放开……

感情好像一块糖，不论硬糖、软糖，还是夹心糖、跳跳糖，一旦放进嘴里，迟早要化光。除非嚼块泡泡糖，甜味早已跑掉，还要不停地嚼，时不时吹出个短命的泡泡，好告诉大家你在吃糖。

恨和爱一样，是有成本的。舍得爱的人往往不够本去恨。

打包的感情，都逃不过眼前这份鸡饭套餐，也算端得出手，绝计入不了口。因为馋，我们寻寻觅觅，因为饿，我们五体投地。问世间情为何物，好看的太多，好吃的太少。

每一段感情都是一个铃铛，

而我们就是那个环。

每个人一辈子都会认识四种异性。第一种，因不了解你而不喜欢你，你认识的绝大部分都属此类；第二种，因不了解你而喜欢你，如果你优秀，那这部分也不会少；第三种，因了解你而不喜欢你，这部分往往是个定量；第四种，因了解你而喜欢你，这部分数量很少，有人甚至没有，所以你该做的，就是寻找第四种人。

　　有一种人，一辈子什么都缺，就是不缺故事；一辈子什么都揽不住，就能揽住眼神。

　　缘份是个宝，也是根草。它来找你时，它就是个宝；你想留它时，它就是根草。

　　留情，是种运动，也有三个特点：一、贵在坚持；二、不宜过量；三、背后是个产业。

　　当下我们情感窘境的核心症结：不相信，不勇敢；虽然只想喝水，却飘飘欲仙，虽然带着伤，却生机勃发。

　　再纠结的感情说到底，决定权始终在你，你真想它死，它活不下去；它若一息尚存，必是你给它一线生机。

其实语言是拿来用的，所谓"用"，就是表达。我的看法是，语言无所谓生或熟，只要能表达清晰，就是好的。情感好像鱼，语言好像水，要像抓鱼一样去把握情感，而水是抓不住捧不来的。

绝大部分我等普通人的情感世界，都如同一锅粥，二八年华开始煮起，寻寻觅觅食材，兜兜转转搅拌，有的料多、鲜美，有的单一、寡味，都不怎么惊艳，也不怎么矜贵，却是最补身体，最对胃口，喝少了伤身，喝多了伤心，丝丝落落都是命，所以，谁也不懂别人的浓淡，谁也别说他人的锅轻。

世界上最难的恋爱一定是真爱，对的事情都很难，犯错才简单。其实，什么原则都是假的，不够喜欢是真的。

A good story always starts with someone getting lost, a bad relationship always ends up with something getting found.
（一个好的故事往往以某人的失踪开始，而一段坏的感情则常常以某些真相被发现而告终。）

婚姻

爱是姐姐，性是妹妹。你若娶了姐姐，那妹妹就成了小姨子，很近但很危险；你若追求妹妹，那姐姐就成了半个丈母娘，很亲但很遥远。

不知是明星逆反，还是群众走眼，大凡太被看好的夫妻，通常都走不太远。当初有多众望所归，如今就有多大跌眼镜。相反，被指指戳戳的那些对儿，却就是不分开。天上如此，人间也是。

数千年过去了，我们的婚恋仍旧是一桩有赚有赔的买卖，而买椟还珠的故事也还在不断上演。

"外表不触底线，内心超大空间，眼神好像通电，感觉回到从前。"

外遇好像感冒，在年轻的时候偶尔降临，有利于肌体的长期健康。

我要娶的那个人，一定绝世美丽，如果有哪个姑娘胆敢美过她半分，她一定让我把两只眼睛戳瞎；我要娶的那个人，一定绝顶温柔，万一有人听到她的方向传来河东狮吼，那一定是她在模仿台风的声音；我要娶的那个人，一定绝对正确，就算偶尔气急败坏拔枪走火，那一定也没有子弹、不留把柄。

其实很少有人因为过不下去而离婚，迈出这步的大都以为自己能过得更好。挑战坚持的，往往不是有多苦，而是会很甜。不患贫、患不均这道理放之四海皆准。

梦幻夫妻关系：像朋友一样交谈，像网友一样做爱，像对手一样重视，像兄妹一样等待。

结婚不是爱情的目的，而是对爱情的奖励。

要全方位地以现实的角度来衡量婚姻问题，而现实包含了：化学反应度，感情融洽度，习惯兼容度，价值统一度和经济双赢度。

婚姻好像拍电影，来之前很容易影响，它几乎是一切；走之后很容易遗忘，它不过是一步。

恋爱是球类运动，一方赢了，另一方就输了，局局惊险，盘盘致命；婚姻是全能运动，不怕拿不了第一，就怕躲不过垫底，即便这次没赢，还有积分排名。

婚姻好比高潮，不能始终没有，不能来得太早，不能打开头就奔着它去，也不能到跟前绕着它走。婚姻对是恋爱的奖励，高潮是对做爱的奖励。既然是奖励，便不是目的，既然不是目的，就不是终点。

坏的恋爱就是猜来猜去，好的恋爱就是哄来哄去；坏的婚姻就是怨来怨去，好的婚姻就是骗来骗去。

婚姻就像买房子，没有十全十美，只要来得正好。

想通了人生，可以成就事业；想通了爱情，可以成就婚姻；想得深一点，活得浅一些。

性比爱情更有资历让我们去尊重。

从历史的高度看，几乎所有婚姻都是荒诞的。假设恋爱是睡眠，婚姻就是梦境：不是每段睡眠都会做梦；梦的长短与睡眠时间没有关联；梦越真实，睡眠质量越差；人醒了，梦就碎了；不论做过几个梦，醒来的情绪取决于最后的那个梦。

世上最昂贵的，其实是女人的青春和男人的未来。多少女人在爱情这个意向合同无法转为婚姻这个正式合同时，要怨一句："在你身上我耗费了多少青春！"，小三们更常以此作为违约金的主要依据；而多少男人用一句"许你一个未来"便换得了女人的身体、感情，甚至财富，而这样的期权又有多少比例得以兑现。

　　既然世上最昂贵的是女人的青春和男人的未来，那么在世人眼中，也只有这两者间的交换才最为公平。而为此进行的谈判过程叫作"恋爱"，谈成了签约就叫作"结婚"。世上大部分女人都把此次交换看作人生最重要的一笔交易，很可惜，对很多男人而言不是，因为女人拿的是现货，而男人手里的是期货。

　　买车就和结婚一样，没买之前，价格、外型、颜色、性能，似乎什么都很重要，什么都想称自己的心意；买完之后，一周过去就发现：车嘛，不就是开嘛。

　　去年，某著名悍妇导演在饭桌上讨论婚姻时，说：男人结婚，不就是为了承担责任吗？此妇一向奉行"我的钱是我的，老公的钱是养家的"家庭财政原则。我曾对其老公深切同情，对其观点满怀不屑。可后来渐渐觉得此言"话糙理不糙"，对男人而言，如今的婚姻，既绑不住爱情，更绑不住爱人，能绑住的也只有自己。

这世上但凡要弄出个好东西，都得浪费点什么，要么是金钱或时间，要么是人力或心力，不是在爆发时山崩地裂消耗，就是在爆发前没完没了地积累，否则决计出不了精品，电影和文学如此，音乐和建筑如此，感情和婚姻更是如此。

结婚好像福利分房，如果你想不出意外，最好在拿到钥匙前不要让人知道。

——有感于好友偷婚的消息。

友情

友情是什么？是幌子，是筹码，是手段，世上男女们心知肚明，却又乐此不疲，它的真正主人还是那条人人期盼的蛇。

世上最自在的友谊，就是我不懂你，你不懂我，但是俩人就爱厮混在一起，昏天黑地，不离不弃。好朋友不是用来理解的，好朋友是用来偏爱的。

每一次让步，都有危险；每一个承诺，都有期限；如果一个朋友一直让你吃亏，如果一个爱人始终让你心碎，那么就让他像子弹一样消失。

如果你很难理解什么是多维空间，看看朋友圈就知道了，一切皆是尺度，虚度亦是真实，原点即是终点。

　　我周围的人分为两种：一、心里想的是"这么件小事，没兑现又怎么了"；二、心里想的是"这么件小事，怎么能不兑现"。前者是朋，后者为友。

血缘

归根结底，他是不是自己人，比他是什么样的人要来得重要。关于这一点，如果你想不明白，那就在中秋节的饭桌上想，那会容易很多。

人生是一场多元投资，人人期待着回报。同事是活期，投了就有；老板是定存，到期才有；朋友是信托，不是每个都有；女人是股票，选对投准才有；老婆是债券，慎重股转债，当心债转股；情人是期货，专业不够基本没有；子女是房地产，总得投一次，不管有没有；父母是寿险，只要你活着，回报就会有。

只有在灵堂之上，才切肤感受到所背负五千年传统之深、之强、之重如泰山、之无可逃遁。

想念

想念这东西，从不擅长理解。

想念一座城市，不是因为你在那里发生过什么事，而是因为某些事发生的时候你在那里；我们爱它，不是因为我们离不开它，而是我们舍不得留在那里的自己。

有些地方，你不用去，也有记忆；有些地方，你不记得，却也常去。

当你很想忘记一个人的时候，你就会在梦里遇到她。

重临战地，恍若隔世，再多的往事也经不住一次转身，皆为幻影，如烟如斯。

呻吟是一种存在的美。

繁华落尽，不过执手一人；我不等你，谁等你。

人生最感伤的就是匆匆地走过无法忘却的地方，冷冷地面对无可替代的人……西北风中隐隐藏着喉咙痛，也住着儿时的小郎中。

人的记忆中，最清晰的往往不是人，不是事，而是地方。所以，最好不要在你常去的地方做你想忘却的事情、见你想忘记的人。

你来，我等你；你走，我留你；你在那儿，我看不见你；你去向天边，我永远记住你。——产生美的不是距离，是位移。

回到故乡，欣喜异常，离开得太久，曾经习以为常的，如今都闪着电花。

慈悲

宽恕，是一种才华，属于顶级生产力。

心乱了，人就老了；心散了，人就没了。

人与人，有时候就像数字与数字，互相的关系其实一目了然。两个人在一起累加关系，就是伙伴；两个人在一起相乘关系，就是朋友；两个人在一起开放关系，就是恋人；两个人在一起求根关系，就一定是夫妻。

有时候，我们信守给别人的承诺，只是因为我们喜欢这个承诺本身。

辑四

男女　星球

男人怕累，女人怕催

男人♂

一个男人最重要的角色，不是力挽狂澜的企业栋梁，也不是忠肝义胆的知己兄弟，而是一名称职尽责的父亲。无论贫贱贵富，无论地域种族，当好一名父亲，都是男人最本能的骄傲和最永恒的乐趣。

男人，无论帅气与否，才气与否，霸气与否，财气与否，贵气与否，一辈子怎么都逃不过缺一样东西，就是自信。拿破仑缺过，希特勒缺过，乔布斯缺过，范思哲缺过，张国荣也缺过，那世界上有没有从来不缺自信的男人呢？有也没有，因为一被发现就被缺的人弄死了。

自信是男人最重要的奢侈品，无论把它戴在哪个部位，女人们总能一眼看到。

男人最难达到的一种状态：老了，孤独地行走在美丽与浮华之间，执拗地做着自己认定的事情。

男人最有魅力的时刻，并非他在你面前，眼里满是你；而是他面对着你，眼里却是另一片天空。

对于男人而言，最管用的泡妞利器既非锦衣，也非靓车，其实就两个：一是荷尔蒙；二是时间。

想去流浪的男人，往往比较靠谱……早晨，高架上，不看手机，不读微信，音乐悠扬，脊背发麻，每每此刻，总想打灯右转，就这么驶上高速，不问终点，不再回头……

男人的一生归根结底是"玩"，初级的玩牌、玩球、玩女人，高级的玩艺术、玩政治，只有少数伟人才能达到最高阶段：玩命。玩味人生，品尝生活。

我想我最男人的地方就是从来不认床，到哪里都可以睡着，从哪里都可以离开，抖一抖被褥，不带走旧的衣服。

男人最大的幸福，就是一辈子活在骄傲里。

男人的勇敢，不是看他能站得多高，也不是看他能举起多重的东西。男人的勇敢，是看他的承诺能坚持多久。

其实，每一个男人都要面对一个选择：是选一个值得善待的女人，还是一个值得等待的女人。

男人的心花到极致，便只分为两种。一种永远没有前女友，只有现女友；一种永远没有现女友，只有前女友。前一种花是瘦肉精，后一种花是核电站。

男人一生有三样东西最重要：一、他想成为什么；二、他会拥有什么；三、他该付出什么。第一样东西，其实是梦想，过程重于结果，权力名声皆为过眼云烟，留下的只能是经历和记忆；第二样东西，其实是知己，任何物质的存在都不属于个人，精神的吸引和共鸣才是灵魂的财富；第三样东西，其实是责任。

男人一辈子就做两件事情：繁殖自己的身体和繁殖自己的思想。

很少有人把做小三当成是目的，大都是个结果。两个都爱的男人，大都不止爱两个，他最爱的那个是自己。

一个男人有野心到了对于周遭的美女也全然没有想法的地步，这样的人往往溢价很高，但仍值得长期持有。

熟男的重要标志之一就是：懂得无所事事是件多么愉快的事情！

每一个男人都会经历两次出生，这两个过程将决定他一生。一次是挤出产道，一次是跨过初恋。
——写于《岁月神偷》观后

男人，都乐于和美女相处，但只有一种办法可以让这种快乐长久：追求她们，但不占有她们，就像对待钱那样。

想念一座城市，

不是因为你在那里发生过什么事，

而是因为某些事发生的时候你在那里。

女人♀

大部分女人的不聪明恰恰源于某些细节上的高超技巧，因为机关生来就是被破解的命；与男人的思维保持共振，往往比影响他们更经济。

虽然至今无法证明女人一定成熟得比男人早，但有一个事实却显而易见，女人一定现实得比男人早。

原则之于女人，好像有灵性的活物，经得住暴风骤雨的猎捕，却抵不过日复一日的驯服。有才也好，有识也罢，等到土崩瓦解万劫不复，也只能低啐一声："罢了，这就是命。"

女人一生有三个至关重要的弯道：就职、结婚、生育。速度太快、油门太猛，抑或转向太大、载重太多，都会导致出道、碰撞或者侧翻。很多女人在这三个弯道前后判若两人、性情大变便是表现。这其中既有生理上由量到质的问题，也有心理上莫可名状的原因，所以这三个弯道又是三大风险，自己要小心，男人更要。

其实在女人眼里，男人只分成两类，一类是主食，供养她们的身体；另一类是零食，愉悦她们的神经。优质的主食会引来女人的追逐；美味的零食则占尽女人的欢爱。而每个男人的人生首要定位，就是搞清楚自己是主食，还是零食。相亲节目之所以好看，乃因该课题始终困扰着所有未婚、已婚、离婚的男女。

最容易打动女人的是执着，哪怕是执着的伤害。最容易打动男人的也是执着，哪怕是执着的后悔。

在女人的字典里，男人皮厚和可爱是一个意思。而男人最大的自信，不是觉得自己聪明，也不是觉得自己富有，而是知道自己可爱。

所谓性感，就是能让男人在她身上看到生活的另一种可能。

把幸运当命运，是一部分女人远离幸福的主要原因。

无论如何，外表都是一个女人自信最大的来源。

天底下的女人，其实只分两种：爱你的和不爱你的。
——祝所有第一种人母亲节快乐！

一个女人，可以傲，可以二；可以作，可以错，可绝对不能过。得之，归宿；不得，归路。

宁可喜欢装逼的大女人，也讨厌装萌的老女孩。

漂亮女人要想职场得意，首先得坚持卖艺，其次要常常卖笑，最后才偶尔卖身；卖艺卖的是包装，卖笑卖的是做工，卖身卖的是材料，三个卖点缺一不可。

作，已经成为上海女人的一个 标签 ，一种个人品牌，归属良性资产。

女人之所以强悍，是因为她认定自己已经失去了柔弱的机会。

这个世界就像女人，你想改变她，就得先上她，你想上她，就得先懂她，可搞懂女人不是件容易的事儿，所以改变世界远比你想象的要难。

短发，是天堂的标配；短发，是美女的特权，露出耳根比露出股沟更富诱惑。兜兜转转多年，终于认清，短发才是至爱。短发的女人是神，她们一甩头就是春风，她们一耸肩就是天崩。

一个没了神采的女人，再有教养，再有品味，也只能放手。

几乎每个女人一辈子至少会创一次业，从孕育，诞生，到哺育，扶持，最后看着他成长到不再受你管控，有着你的影子，却不再要你的付出。努力地把他交到别人手里，慢慢地退后，静静地远观，从此同时活在了两个世界，眼睛的这头是地，视线的那头是天。

最 容 易 打 动 女 人 的

是 执 着 ，
哪 怕 是 执 着 的 伤 害 。

最容易打动男人的

也是执着，

哪怕是执着的后悔。

认识一座城市，就好像结交一个女人，最好的时机就在匆忙的早晨和迷茫的黄昏。

关于女人：一、她说不记得，不代表她真的忘记，只是她暂时觉得没必要让你知道她还记得。二、她对你淡漠，不代表她对你印象不深刻，只是她还没找足对你热情的理由；三、她回复你很慢，不代表她刚看到你的信息，只是你刚才出现在她脑海里。因为，女人的字典里没有应不应该，只有愿不愿意。

没有人知道自己真正喜欢什么，尤其是女人。

女人可以笨，可以肥，可以土，甚至可以老，但只要有群不笨、不肥、不土、不老的人肯死心塌地地帮你，世界一样属于你。

漂亮之于女人，就是阿拉伯数字的"0"。人越漂亮，0就越多，而0的多少，可以至关重要，也可以忽略不计，关键在于搭配。聪明也好，努力也罢，哪怕是野心或勇气，都足以成为前面那个"1"。

三十岁的女人好像大城市的房子，也许她们看着有点粗制滥造、性价不符，但一旦你狠狠心占为己有，她绝对会帮你增值。

当代中国女性的尴尬在于：找一个好人，还是找一个能对自己好的人？这成了她们必须面对的一个问题。

婆婆心中媳妇永远是外人，区别只在于，是帘外人，还是心外人。

我有个小妹，能干美丽，乖巧上进，台里远近闻名。就是喜欢爆几句粗口，说起话来"比比皆是"，工作不顺时如此，开车不顺时亦如此。其实，我觉得这也未必是件坏事。人生的路又长又糙，需要给轮胎不时地放气。只是要对她说一句：妹子，在未来的婆婆面前可不要放气，"装"也是种胜利。

暖女，冷男心中的终极女神。当全世界在刷屏"暖男"，我们却呼唤暖言、暖眼、暖胃、暖身、暖心、暖神的"暖女"！世道艰难，需要温暖的不止是女性！

相爱

男女之间最靠谱的关系不是相爱，而是兜底，这就好比基金，选择劣后的，都是最你中有我、血浓于水的；爱情的套路和金融一样，优先的都是炮灰，托底的才算估值。

肚子吃没吃饱，直接关系到男人对爱情的敏感度。所以约会时，设法让对面的男人多吃点，这样可以看出他对你的兴趣究竟有多大。

男女在一起，男人一开始都一个样，时间久了，逐渐千奇百态，有好有坏，考验素质；女人一开始都不一样，好弄难弄，大不相同，可岁月荏苒，尘埃落定，最终都还一个样，体现本质。

女人对于男人来说，其实倒像是鞋子，虽然位置不高，却是最重要的行头，只是好看的往往不舒服，舒服的往往不好看，既舒服又好看的必定很贵，且需保养。

男人对于女人来说就像是衣服，不管冷不冷，总要穿的。而对衣服来说，最悲哀的不是被换掉或洗掉，而是明明穿了，却还不能见人。

女人的年轻，之于男人最大的意义并非身体，而是错得起。

I could be an angel, could be a devil, all depends on how you turn to be.

（我可以是天使，也可以是魔鬼，这都取决于你的表现。）

对女人来说，男人就是扇门，分成两种：一种，门槛很低，谁都能进，但进入之后就不常开，最终进去过的人也不多；而另一种，门槛很高，大部分人都迈不过去，但门始终大开，但凡跨得进去的，都能在里面游览一番。选人就像选门，找对门也就找对了人。

多年老友深夜夺命call，把我召唤到某夜场，体重已经翻倍

世上最好的营养品，就是安心。

的他拍着新女友的膝盖，在我耳边悄悄地说，"你还记得某某人吗？十多年前通过你认识她之后，我们其实在一起了半年，她真的挺好的，教养、素质都没得说，每天早上起床都会悄悄地把家收拾干净，完全没有公主病，可是后来还是……那时真的太年轻啊……"他说着说着声音大了起来，俨然一副老男人怀春的情怀，全然顾不得边上90后女孩儿的面子。

我拍了拍这位同样出身优越、坐拥观景办公室和数百员工的成功人士，比我年轻的他头发已然花白，此刻眼神中满是留恋。我想起了他口中那位行长千金，随性的言行和傲娇的神态，也许那些表象的背后有着我们外人不曾发现的珍贵，于是劝："别回头，人生和电影一样，凡是太早大团圆的，都不是好故事。"

这哥们听了，沉默片刻，转过身去，盯着他的现女友看了两秒，笑了笑，起身："我饿了，大饼油条，快！"看着正迈向三婚的他恢复了常态，我欣慰地告辞，一辈子有一些刻骨铭心的遗憾和追悔其实也挺好的，这才是活着。

爬山最能体现女人对男人的口味。喜欢阳光少年的，大都从山脚爬起，尽览一路风景变幻，但考验耐心和体力；钟意经济适用男的，往往选择坐车到山腰，再徒步后半程，观景起点不低，攀爬消耗不大；偏爱成熟老男人的，必首选缆车直达山顶，一睹最佳风景，虽省却一路劳顿，但也少了亲近山的乐趣。

要绑住一个有才有品有趣有名的老男人，也许只有一种方式：把他当成儿子去爱。这样的男人难免会背弃他的女人，但他不会放弃他的妈。

——写于达人凯歌秀录制现场

男人追求女人的过程，其实就是一个他的耐心与她的自尊搏斗的过程，这是一个零和游戏，一次你死我活的战斗。不同的是，男人的胜利会带来暂时的和平，而女人的胜利则往往引来更多的攻击。

要想女人天天爱着你，就别让她常常看到你——深谙此道者，即使不再水灵，只要依旧扫射着空洞的眼神，便能捕杀到或空白或丰盈的灵魂。

一个女人如果因为重视他而重视他的朋友，那么这个女人值得忠诚以待。

无论哪种女人，走三步都可以到达她的心。第一步，让她开心；第二步，让她不开心；第三步，让她一辈子开心，做不到，先说。

最打动女人的，就是在别人动的时候，你不动。

男女之间，好像钓鱼。上钩出水之前，是分不清谁是钩子谁是鱼的。越急着收线，越是耗时间；越望着水面，越是没动静。其实，钓的不是彼此，是感觉；咬的不是拥有，是甘愿。

世上最好的营养品，就是安心。在这点上，男女都一样。

撩菜（上海话，意为追求女孩）要趁早，拼酒要拖后。
　　——这是在昨晚著名娱乐主播浩天的生日盛宴上，所有男性从这个桌面以外领悟到的

不是一类人，不上一张床。

上天最仁慈的体现在于他把人分成了两种：男和女。

别回头，
人生和电影一样，
凡是太早大团圆的，
都不是好故事。

世上很多奢侈品都是要有一点旧才显得美，情人也是一样。

你知道你意中人的鞋码和戒指码吗？如果不知道，算什么真爱！你感兴趣你意中人的童年吗？如果没兴趣，算什么真爱！

相杀

任何女人只要走三步，就可以走出一个男人的心。第一步，让他不开心；第二步，看到他不开心，自己还开心；第三步，自己不开心，也不让他开心，并不排除此种状况维持一辈子的可能。

世上很多女孩就像马兰拉面，你天天经过她，她次次诱惑你，可你的生活就是很难和她有交集，终于有一天，你以为你突破了自己，挑战了惯例，兴奋的心情有如沐浴更衣，可结果往往是嘴里一片狼藉，于是一万零一次地明白，有些喜悦终究不属于自己。

不要抱怨没有好男人，要反省自己为什么碰不到好男人。二、凡是搞不定的男人，都是坏男人。三、不要指望坏男人变成好男人，要指望他们愿意装成好男人。

不要迷信聪明的女人。如同所有美女迟早会发胖一样，再聪明的女人总有一天会在男人的眼里显得愚蠢而乏味，因为男女本就运行于两个轨道。今天男人眼里快速奔来的慧星美人，明天也许就变成亘古不动的北斗师太。

男女行事最主要的差别在于：男人有了开始，就会结尾，迟早而已；女人有了结尾，才算开始，说法而已。

一个成功的男人不怕找不到女人，就怕找不到自己；一个成功的女人往往找到了自己，就再也找不到男人。

一个有想象力的男人要么爱一个女人，要么爱所有女人，他要么在她身上看到全世界，要么在全世界身上看到她。

女人最大的魅力来源于"相信"，不论相信什么，她得相信点什么；男人最大的魅力来源于"不相信"，不管怀疑有没有用，他得保持怀疑。

朋友自小喜鱼善烹，每餐必有，非一而足。后获赠三岁犬，顿顿饲以剩肴。半年后，其过鲜肉而不闻，非熟鱼而不吃。嗟叹，食肉吞生乃狗之天性，现狗嘴转嗜猫腥，胡使之然？狗且如此，况男人乎？

——由我国一线城市离婚率又创新高所想到的

就一个男人而言，"有野心，但不野蛮"，就如同"有感觉，但不睡觉"之于女人一样，下场都是两个字：浮云。

男人一诚实，女人就消失。

微时代的宋庄笔记：一、先甩手为强；二、没有高傲的女人，只有寂寞的女人；三、情感关系说到底就是供需关系。

辑五

快 乐 之 道

及时止损，是保持快乐的诀窍；
控制仓位，是酝酿幸福的法门。

去 爱

爱是现金，就怕不流动——致那些不敢出手、害怕损失的年轻人们。

这年头，有一样东西人人都有，却没办法随意地把它掏出来，那就是自己的笑声。

最浪漫的事，就是把兴头上的话当真，再坚持六十年。

花儿最快意的事，不是被人夸赞，而是在枯萎前被人摘下。

看着你就像看着一团蜜，注视的时候是甜的，眨眼的时候是腻的。

人越老越珍贵的，是心动；人越怕越纠缠的，亦是心动。所以，如果心动了，人就一起动吧。

不论何种情感，爱的最佳表现方式是分享。
　　——致天下的父母、兄弟、爱人、朋友以及粉丝们，这也是微博的另一种核心价值。

致某些陷于迷惑的年轻人：人生是你好不容易拿到的一个角色，千万不要浪费，该发挥就发挥，该抢戏就抢戏，反正导演是上帝，他爱你。

人生最刺激的，莫过于孑然一身，穿过五光十色，淌过情海翻波，留生命一点白，还真相一口气，于最黑暗中辩是非，于最寂寞中看繁华，如此萧飒，是为玩家。

失去睡眠，我很痛苦，但我绝不会让痛苦左右我的人生，左右我人生的只能是快乐；失去光泽，我很痛苦，但我绝不会让痛苦左右我的人生，左右我人生的只能是快乐；失去休假，我很痛苦，但我绝不会让痛苦左右我的人生，左右我人生的只能是快乐。

一个让人年轻的办法：去爱一样看似得不到的东西，然后设法得到它，包括人。

人生，是个试错的过程。我们缺乏的往往不是对的理由，而是错的勇气。

不动声色地给他人希望，比希望本身更重要。

每个人都觉得自己缺点什么，有的缺钱，有的缺爱，有的缺时间，有的缺尊严，其实我们真正缺的，是决心。

人 越 老 越 珍 贵 的 ，
是 心 动 ；

人 越 怕 越 纠 缠 的 ，
亦 是 心 动 。

感恩 ♡

爱我的人们将分享我的拥有，我爱的人们只能拥有我本身。

很多人不快乐，是因为他们总追逐别人的快乐，而忽略自己的快乐。其实，快乐不是老婆，并不总是别人的好。

人们只因为两种原因离开你：你不够好，或你的好他不懂。无论哪种原因，你都得感谢他，因为你的未来也只有两种：你足够好，或你的好就他懂。

麻烦好像雪花，多到漫天飞舞，随身化无，便也成了美景；没有刺骨的冬夜，哪来浪漫的新年？

睡觉，是生命的最高体现，所以每一次醒来，都是进化。

当你炙热如太阳，对方的材质决定了你和他的距离；当你温柔如月光，对方的材质决定了你给他的形象。

世上最难达到的状态是心甘情愿。大部分的状况下，我们要么心甘，但无法情愿；要么情愿，却未必心甘。唯有两者重合，才能无论收授，无谓得失。可惜，多少人徘徊在两者之间，既搬不动心，又扯不住情，直到麻木了距离，做着不甘的事，陪着不愿的人。

习惯，是种比爱更强大的力量。深夜回家，发现钥匙打不开门，惊恐、错愕……稍安，只是按错了楼层。不同的门径，不同的大堂，全然无法提醒按下一个新的数字。家已经搬到了十一楼，可心还耷拉在隔壁的六楼，所幸，早晨醒来，眼前的一切新得摧枯拉朽，明媚，原来可以这样强吻心情。

放手

在我们面临的各种危险中，比剥削、抢夺、窃取、期诈更可怕的是控制。无论财富，还是情感，都是如此。最伟大的爱，是等待……

挥挥手，比狠狠心更难。

最坚定的拒绝，就是大脑a面告诉你"没必要"，b面告诉你"吃不消"。

人生如落水，越挣扎越下沉，索性摊开四肢彻底放松，不但从此人浮于世，更发现整个天就在嘴前。

人这一辈子，活得就是个感觉，再重的东西，一转眼也就放下了。

很多人执拗于这样一种乐趣：走一条看不到头的胡同，但是他们不明白，腿脚再好也走不出一个口来。

　　游戏是这么一种东西：大家都知道它是假的，可玩的就是谁更当真。

　　人在放弃之前，总会不由得握紧，好像把旧物丢弃之前，总会拿起来仔细看一眼。这是个关卡，也是个机会，对物、对人、对事皆是如此。

我们拼命挣扎以防止自己沉下去，如此吃力但一如既往，也许有一天，我们发现沉下去也可以呼吸。

股市里有门核心技术，同样适用于生活的角角落落，那就是"及时止损"。我们大部分人都没有肥到经得起反复割肉的地步，所以割皮的时候不要犹豫，果断放弃。

人总是偏爱自身所缺乏的东西，观点也好，审美也罢，说到底，我们都在积极地和自己过不去，这是人性。所谓无敌，不是这个人有多强大，而是他没有敌人，而没有敌人的关键，就是不和自己作对。

取 舍

都市人大多不快乐，因为他们总是追逐别人的快乐，而忽略自己的快乐。其实，快乐不是老婆，并不总是别人的好。

就这样也挺好，尽情地表达，努力地思考，心里干净，爱憎分明，淡淡的欲望，浅浅的喜欢，三分骄傲，七分善良，孤独地写，随性地笑，累了就找张床，醒了就去远方。

所有你付出的东西，表面上不再属于你，其实永远属于了你；所有你攫取的东西，看似属于了你，其实却占有了你。我们的灵魂很轻，它不需要太重的盔甲。

会做梦，也是一种本事。

保持幸福感的秘诀：只在一个方面勉强自己，其他方面尽可能地放纵、宠爱自己。这个秘诀的难度在于，既坚持不懈地在一个方面执着地勉强自己，又义无反顾地在所有其他方面大胆地放纵自己；前者是本钱，后者是本能，兼而并之，是智慧。

一个想得太多的人注定痛苦；一个什么都不想的人注定被辜负；想与不想之间，我们不堪重负。

很多东西之所以美丽，就因为它是错误的，所以，错误往往比正确更接近真理。

我们终究要失去所有我们视而不见的东西，兴许是看不清，兴许是看不懂，但既然我们的眼里没有照射它们的光，那么就让它们离开寻找光明吧。任何人都无法拥有他不明白的一切，是不配，也是不能。

人生最难的一门课程就是：学会对失去说"再见"。

人生是一个伤口，要么给它足够的压力，直至愈合，完成生命，留下痕迹；要么痛快地放松，任由血流，不觉疼痛中迎接生命的中止。我们总徘徊在两者之间，不敢赌血何时流尽，也不敢说伤何时愈合；在痛与不痛间挣扎，在压与不压中老去。

人生乐事，无非两口气。吸一口气，逐声色犬马；吐一口气，品输赢笑骂。

每个人都有一个库，每次要装入你觉得重要的东西，就要从里面掏出很多，掏的过程会很难。但是，这世上，对的事情都很难，犯错才简单。

世人皆称"身不由己"，其实"身不由己"有三个层次：一、被生活绑架；二、被欲望绑架；三、被理想绑架。第一层次的人，苦中作乐；第二层次的人，寻欢作乐；第三层次的人，以苦为乐。从一进到三，叫作"奋斗"；从三退到一，叫作"修行"。

有的人累，不是因为他要得太多，而是因为他想要的、不想要的，他都得要……就因为，他觉得自己算是个好人。

人与人的交往，归根结底往往落到"得失"二字。重要的不是分清自己究竟是得多失少，还是得少失多；而是要看清哪些"得"是对方的付出，哪些"失"是自己的享受。珍惜前者，因为它绵长隽永；看淡后者，因为它来去无踪。

人之成为人，就因为人总是要得很多。当下之最需要，绝非未来之最渴求，发现、寻觅、抓取、舍弃，周而复始，无论善恶，无关慧钝，人之常性。于此观，得到即失去，人类之弱于斯，人类之强亦于斯。

身上的口袋，越多越好，心里的口袋，越少越好……大凡成功者，并不一定善于取，但一定舍得弃……

有十个跟班，不如有一个助手；有十个哥们，不如有一个死党；有十个人愿意帮你，不如有一个人死心挺你；有十个人喜欢你，不如有一个人爱着你。

当只在乎结果时，凡事都如同减肥，吃得少，是王道。事业财富、情感婚姻，莫不如是。承载得越多，也就需要付出越多去消化，去吸收，否则不但没有营养，还徒增损害健康的风险。所以，多了，就品味过程；少了，才坚持结果。

初心

不食烟火，只领清风，明月幽远，初心难改。

不要去考验那些你感觉可能改变你人生的人或事，因为从你考验命运的那一刻起，它已然弃你而去。

不妨把人生当成一种业余爱好，这样一来，你的主业就很难不成功了。

人生有两大快乐：享受简单和拥有复杂，我们总是从一头走向另一头，好像生和死。

感受自由最好的办法，就是把脚踩在地上，尽情奔跑。

在社会这个操场上，无论何种游戏，判定你输赢的，不是在每局的结尾，而是在两局之间。你感到开心，赢了；反之，输了。

有时候，问题的关键在于，根本就没有问题；我们寻找自身的意义，结果却将自己不断擦去。

人下半辈子应有的两大目标：一、三十五岁之后能有小学一年级考双百分的欣喜；二、四十五岁之后能有大学一年级初次约会的心动。

既然我们注定由小到老地生长，那么就让我们由老到小地生活。

人变老的重要迹象之一：不缺钱，缺花钱的冲动。

一定要慎重处理我们与信息的关系，信息带来刺激，太多刺激会让我们改变自己，没有刺激则让我们忽略自己。

世界上有太多事情，不亲身经历，不亲手施行，就没有办法看得懂，想得通。

角度

常常被理解，意味着可能往往被误解。

其实我们都分得清是饿，还是馋，但是既然结果都是吃，又有什么必要去纠结。人类所有的需求都是双重的，就是因为上帝不希望我们想太多。

一时冲动好像盐，缺了它，生活这锅菜怎么煮都不会鲜美。

了解对方的处境远比了解对方的个性更关键，因为矛盾往往来源于处境的变换，而非个性的不同，无论对手还是爱人，将心比心都是避免受伤的最佳手段。

越来越多的"牵手门"也许说明了一个道理：不是娱乐圈

诱惑太多，而是不喜欢诱惑的，都没进娱乐圈。

这就是当今人们所亟需的精神，也是中国达人秀所期望传递的价值取向，即你可能很平凡、很贫乏甚至困顿，但只要你珍惜生活、发现生活，你就可以在属于你自己的舞台上享受快乐，无论是车间，还是写字楼。你可以得到不多，但一定不能放弃快乐。

一个人的共鸣是感动，一万人的共鸣就是运动。此刻，在浩瀚的上海八万人体育场里，中国达人秀总决赛正在上演一出历史大戏，而演员是全体中国人。

聪明人的生活就是在上课，偶尔逃课会很刺激。

世界上有太多事情，不亲身经历，不亲手施行，就没有办法看得懂，想得通。

不懂怎么花钱，比不懂怎么赚钱更要命，这里面的学问、素养、技巧、经验一样多！银子，放在会花的人手里，是质量；放在不会花的人手里，是重量。

走投无路的时候，索性躺在地板上，享受彻底放弃的感觉，世界立即不一样。

假如人生是一部车，那么浪漫就是开着车去兜风，而不是去上班。

吃饭的速度反映了一个人的耐受力，买单的速度反映了一群人的凝聚力。

看上去硬的东西，其实往往没那么硬，能不能让其软下去，角度比力度更关键。

人生是水塘，时代是太阳，水面发出什么样的光，无关乎水有多脏，而看在被晒干之前，以怎样的角度遭遇阳光。

人生好像麻辣锅，分裂开来，味道更浓；人生又像日月潭，美丽往往是副产品；人生更像逛景点，最让人欣慰的不是宏伟的殿堂，而是舒适的厕所。

美食

任何一段恋情的真正确立，都归结于一顿香气四溢的早餐。

每一次出发，都是过往的格式化。我的胃，显然是一个旅充。

世界上最奇妙的化学反应都发生在饭桌之上。

吃东西好像谈恋爱，越排他，越健康！

每当我喜欢一个人，我就请她吃大闸蟹，吃着吃着，喜欢就变了身，有的粗枝大叶，蟹脚横飞；有不温不火，蟹粉还留；一枚蟹壳里看得到秀气，半只蟹钳里透得出灵气。通常，把蟹吃得酣畅淋漓又婷婷娜娜的女子，大凡骨骼清奇、魅力隽永，谈吐吸吮间，蟹膏与体重四溢，蟹壳与纤指齐飞，世间的香艳莫过于此。

其实，人生长路和情场沉浮，都有如这盘中尤物，鲜美都在坎坷与荆棘之中，探求越漫长曲折，回味越深邃难忘，盘中的它们如是，对面的你我亦如是。

决定一个人口味的，不是他的品味，而是他的肠胃。尝尽天下美味，最后大都皈依青菜豆腐大排骨！

理想很撒娇，现实很匆匆，我的胃在早更，我的人距离饭桌还一步之遥！吃顿饭也不太平，准备智取！

饮食折射性格，性格决定人生。

放开吃，放肆嚼，放心吞咽，放下指标，放走镜子里的苗条；海鲜是初恋，牛排是挚爱，青口是今生的情人，布丁是前世的女儿，食欲把世界的肮脏舔干净，胃口把路过的刺激狠命亲！

任何一段恋情的真正确立，
都归结于一顿香气四溢的早餐。

一碗特立独行的面，志存高远，不卑不亢，咸淡相宜，有颜有料，不但好吃，而且耐吃，有如主人，纵有千金指间流淌，也敢拜倒半碗面汤。

清蒸大闸蟹、冰镇小龙虾、低地威士忌，三者合一，人性融化。

人性，如同饮食。许多因果很容易弄清楚，但就是忍不住。比如，要清淡，要少吃；又比如，要规律，要杂食。可大部分的人生里，我们还是面对一大锅浓油赤酱的欲望和冲动，难以自控。

点单见命格，吃相看富贵，人人眼前一碗云吞面，条条浓淡生路各不同，重庆大厦的左边，深藏着弥敦道的罪与馋。

我吃起来不是人，馋起来吓死人，彻底放纵这一顿，裤带一松谁敢认！

一碗汤的志向，浓烈的口舌体验，寡淡的胃肠负担，浓的是欲望，淡的是修养。

最健康的饮食就是最残忍的料理，所以，残忍有时候不过是一种过于直白的善意而已。

知足

快乐是水，痛苦是盐，有水无盐，淡而无味，盐比水多，喝了反胃。

快乐，就是你没空去想它是什么；痛苦，就是你每天在给它下定义。

食与色的关系，既不是持续的正比，也不是单纯的反比，而是相生相克的关系。前者好像水，后者好像舟。水大无形，想吃，不代表吃得下；舟快无帆，想要，不一定要得出。所幸上天仁慈，我们永远不知道自己的胃口有多大，凡心有多深。

你脆弱时所要东西与你强大时所要东西之间的距离，就是你与幸福之间的距离。

走投无路的时候，索性躺在地板上，享受彻底放弃的感觉，世界立即不一样。

对疲劳不堪的人而言，睡觉就是最大的娱乐。

我对幸福的认知越来越局限于半夜三更收工，兴高采烈觅食。再绝望，也不能亏待肚子，哪怕它暂时还很疲软。

所谓想得开，无非就是在没有结果的时候享受过程，比如投资A股；过程糟糕的时候收藏结果，比如参观世博。

你什么都不缺，就缺你满意；我什么都不怕，就怕来不及。

车和老婆一样，看着满街跑的都是别人的好，但是真要说换，还是下不了决心的。

当初能花大价钱出手，总是还有理由的。

不论人和东西，还是感觉或情绪，限量版总是昂贵的。

推崇的两种态度：对于好的东西，向往，但不稀罕；对好的人，稀罕，但不向往。

辑六

工作 双商

你不扑上去拥抱世界，世界怎么会委身于你？

努力

把人生当作一种训练，比如竞技体育，又比如电子游戏，如果太随性，段位不会高。

当看到前头有人的时候，你的步子就不会飘了。

有时候，压力也是种运气。

山越陡峭，越适合天黑的时候攀爬……明天总会来临，我将和太阳一起翻过山脊，朝着山那边……奔去。

这个世界说到底是卑贱的，你昂起头，他就弯下腰。

没有痛哭流涕、骨刺锥心，哪来思如泉涌、灵魂附体，人生的舞台上，不需要鲜花和掌声，而要尽情尽性。

压力是种毒品，有人乐此不疲，有人痛不欲生，有人不沾不碰，有人靠它营生。

人与新技术的关系，其实就像谈恋爱，感觉是根本。互动感觉好，如胶似漆、野火燎原；互动感觉差，隔靴搔痒、进一退二。

断而不疑，决则必行；谋定而动，胜在不懈。

躺下来，总有人会扶你；豁出去，总有人会挺你；做到位，总有人会懂你；爱到底，总有人会还你。

被人妒忌，是张有免息期的信用卡，只要有实力，不刷白不刷。

注定要承担的压力，就不是压力，犹豫才是最大的压力。

勇于冒险是种美德，敢赌、不怕输、不留后路的背后往往是高尚与超然，因此而获得的回报也必然惊人。

大企业的生存法则：如果做不了足够大的土豆，就做足够小的土豆，小到像颗核桃，就算被踩碎，也得把那只脚放掉点血。

事业像个大媳妇，她的真正意义在于：帮你判断抽多少时间的票子去买那些所谓的感觉，在这个问题上你最好听她的，因为人生这个皮夹里没有信用卡。

鸡头有鸡头的当法，凤尾有凤尾的做派，没有哪个更好、哪个更强，好像刀叉和筷子，关键看摆在你眼前的是什么菜。

人一辈子都有很多应该做的事和想做的事，但是没有人可以两全。有的人一直埋头做应该做的，有的人始终默默做想做的，也许都不成功，也许很辛苦，但都是一种选择，一种人生，在茫茫人海中，相互理解，各自努力。

别担心同行不把你当回事，也别担心老板不把你当回事，要担心的是：当你照镜子的时候，觉得自己不是回事。

　　不是东风压倒西风，就是西风压倒东风，古老而本质的对立容不得半点犹豫和怜悯，游刃有余是狠出来的，股市如是，职场如是，人生皆如是。

　　如果别人觉得你是什么，最好你抓紧就是那什么，哪怕是个混蛋，这就叫品牌辨识度。

　　在职场，要尽快学会至少两件事：一、学会麻醉自己，长时间地，不靠毒品和酒精；二、别轻易给他人辜负自己的机会。如果你还没学会，记得永远都不晚。

　　年轻人有三个不要怕：不要怕生，不要怕丑，不要怕变，唯一要怕的，是后悔。

决定你收获的，不是你付出的多少，而是你付出的对象；导致你失败的，不是你能力的缺陷，而是你视力的缺位。

我们最大的问题，不在知识素质，也不在道德情操，而在于一个心理痼疾："拖"。绝大部分事情都要被三令五申之后才被重视、被执行。从大到小的各种事情，周围有几个人是在"哎"答应一声之后就去做的，一般至少得说三遍。

心不够冷，手不够狠，眼光不够准，冤死没人疼，低首长叹，哀怨声声，一个字：忍。

人与新技术的关系，

其实就像谈恋爱，感觉是根本。

才华

才华如股价，再好的资质也会起落不止，能否屡创新高，取决于环境的好坏；能否守住高位，取决于庄家的心态。

最幸福的人生就是在别人干啥的时候也干啥，然后都干得比别人好那么一点儿。

一个人能有多大成就，取决于他能多大程度上发挥自己的最长处；与团队的"木桶短板效应"相反，决定个人命运的不是他的短处，而是他的长处，这就是个人的"冲刺长板效应"。

天才之所以能够成为天才，就是因为她看上去不像天才。

你想成为什么样的人，你终究会成为什么样的人，人的进步是唯一一种想象力无法企及的未来，只要在路上，一切皆有可能！

所谓"天才"，就是百分之九十的时间在失落，百分之九的时间在沉默，只有百分之一的时间在突破，却走得比别人远，爬得比别人高，想得比别人深。磨刀的成不了天才，挨刀的才是；上辈子在厚积，这辈子薄发了。

没有标靶的箭才射得最远。这世上，有的人拼体力，有的人拼才气，有的人拼关系，有的人拼心机，可最牛逼的人拼的是人生观，弯弓搭箭、奔天弃地，不问落处、所向披靡。

灵感，好像电流，来源于存在状态的瞬间切换，落差越大，流量越高。人和宇宙一样，旋转的，才是稳定的。

所谓天才，就是怀里的世俗打扮得再花枝招展，也无法让平凡的决心硬起来。

好东西总在最低处，被人踩在脚下，被天埋在地里，却不卑不亢，不朽不亡，汲取星光雨露，浓缩万物滓渣，长成蔬果精华，开出朴素灵花，今朝我等视它为粪土，明日它留吾辈以活路。

别担心同行不把你当回事，

也别担心老板不把你当回事，要担心的是：

当你照镜子的时候，觉得自己不是回事。

才华，好像男人的精液，并不是挤一挤总会有的。并且据说，这玩意儿一辈子是个定量，要珍惜，条件不成熟，就不要滥释放。

在职场上，所有重大决择的背后都隐藏着一个问题：愚蠢的好人和聪明的坏人，你选哪个？

规则

虽然对规则的理解很透彻，但对绝大部分裁判而言，进球比替补球员都难——智慧从来不是本能的对手。

这个世上最难挑战的不是指标，不是业绩，不是票房，不是口碑，这世上最难挑战的是规律！无论这个规律多么黑暗，多么残酷，多么上不了台面，可它就是矗立在那里，操纵着世界，操纵着周围的一切，包括你！

任何领域的利害角色，不是强在搞懂规则，而是强在总搞得清对什么人用什么规则。

比规则更卖力地运作这个世界的是潜规则，即不太能明说或不太能说明的规则。主要有以下特征：一、能说出来，不能写下来；二、可以一个人一个人地说，不能和一百个人同时说；三、有人不遵守，通常也不会被说，而会被做；四、当与规则产生冲突时，会暂时没人说，但都继续做。潜规则的实质就是文化。

在固定的时间做固定的事情是成功的关键，养生如此，工作如此，家庭如此，外遇亦如此。

剪刀、石头、布，一物降一物，谁是剪刀，谁是布，这是个我们必须弄清的问题。

很多聪明人的悲哀在于，一直没有搞清楚这个社会的游戏规则。当下，决定你成就的，不是你的努力，更不是你的能力，而是你对规则的领会，无论天份也好，钻研也罢。

一 个 人 能 有 多 大 成 就 ，

取 决 于 他 能 多 大 程 度 上
发 挥 自 己 的 最 长 处 。

尊严

人到中年最大的幸福感来源于：自己对周围人而言已没有价值，但仍被人喜爱并善待。可惜，绝大部分人无此福分。

人和金属一样，可以耐得住烤，可以受得了冻，但都经不住温差。随着一冷一热而脆弱的，往往不止是身体，更是意志。在北海道洞爷湖温泉的氤氲雾霭中，抖落肩上的雪花，望着头顶的北极星，从此任自己弯曲、折断。

如果你对取悦众人感到厌倦，那就冬天去北海道。一片白色里，你会突然明白：决定你人生的，是爱你的那一个人，而不是恨你的那一百个。

世上没有笨人，只有懒人；懒人生锈的不止是脑子，还有尊严；大部分的小人都是打着恶棍旗号的懒汉；成功的反义词不是失败，而是懒惰。

辑七

自我探寻

当你离自己越来越远的时候，
你离快乐也就越来越近了。

孤独

一个人的孤单，好过一群人的孤独；一群人的孤独，好过两个人的寂寞；两个人的寂寞，好过三个人的无助。

对不满足的人来说，孤独是个好东西。

最可怕的孤独，不是没有人陪你，也不是没有人懂你，而是你发现认错了一个人，那个人就是自己。

世界上最遥远的距离是你爱她，可她在电视里。

世界上最寂寞的事情，就是夜夜独自看电影，独自吃冰激凌！

无聊的时候，人活得最真实。

孤独的好处在于，可以时刻咀嚼自己的灵魂，深切地感受到自我的存在。

静静地等待，直到自己足够孤独，才开始放肆地跳舞。

希望，只有你不断地把它理解为一个动词，它才会渐渐变成一个名词。

强大的人类可以习惯酷暑，却无法习惯孤独。

自恋是种天然吗啡，善于把被掏空的人填满。

生命中的每一段孤独都是助跑，而我的起跳线还在远方。

一边是冻成块的泔水，一边是电磁炉的火焰，探险的结局当然是处处危险——在簇拥中孤独而终从来不是帝王的专利。

仓乱一天，日落回家，左手烤肉迷眼，右边年糕醉人，迷失汉城，小店人家，为图清醒，气吞三个冰激凌，擦擦嘴角，摇摇脑瓜，冰凉的肚子拒绝回答，月亮拖着不上班，自己晃着不回家，不知道是这里的小街太感伤，还是自己太喜欢流浪。

一个人的孤单，

好过一群人的孤独。

自我

　　下雨的夜晚最适合放纵，湿漉漉的亲吻和湿答答的发梢一样，充满着丛林的气息，在那里我们被天席地，你中有我，我中有你，即使太阳明天拒绝升起，流淌的你我照样快乐无比！

　　什么都可以失去，除了自己。放手等待吧，剥落、褪去、腐烂、耗尽……最后剩下最清晰的自己，充满着活力。

　　我在远方，诗在哪里？

　　既然注定灭亡，为何仍感到彻骨的迷惘，难道迷途的感伤，还要随着日子流淌，直到有一天，带着答案突然死亡，这只折翅的凤凰，才能含着微笑告别绝望。

　　如果我是孩童，我一定尽情流泪；如果我是孩童，我一定大胆感伤；如果我是孩童，我一定放肆流连；如果我是孩童，我一定随时表达；如果我是孩童，世界不会因时光而变；如果我是孩童，美不会消失于我眼前。

我这个人，工作是工作，黑白分明，说一不二；欲望是欲望，喷薄而出，滔滔不绝。

善良的结局无非两种，智商低的，成为麦兜；情商低的，变成了我。

自我是人生最沉重的财富，好似不动产，很贵，但体积质量太大，容易造成房奴。

迈向自我的路，不是在悬崖边，就是在岔道口；不是生死在考验你的耐力，就是对错在挑战你的心力。

从来没想过做个勤勉的人，可现在所有人都在感叹我努力；从来没想过做个专一的人，可现在执着却成了我最大的资本；从来没想过做一个坚韧的人，可现在我的身上却插满强悍的标签。一十六载，恍然回首，孤灯相伴，秋夜过半，这究竟是我成长的幸运，还是人生的悲哀？

当筹码不在我的手边，当运气不在我头顶出现，当形势向着对面那端倾斜，我清醒，我冷静；当爱人不在我的身边，当朋友突然变得很远，当一切站在了我的对面，我知道，我微笑。

人心就像部电梯，时间久了，关门的按钮总是没有开门的按钮看得清楚。

最疯狂的玩具是自己，未来在自己脚下，自己却在魔鬼手中。

Once I want everybody to like me, now I need somebody to love me.

（从前我想要人人都喜欢我，而现在我只想要有个人爱我。）

一直以为自己最多只是有点二，没想到自己居然比二还多一点。

有一个探究自己内心的办法，大家不妨一试：坐在电脑前，连续接三个以上的电话，内容要涉及完全不同的领域，然后在挂掉电话的同时，在键盘上快速打字，直到手指自然停顿，这串字（也许是词组）必揭示了此刻你内心最关切的人或事。而我刚才写下的四个字是"我的未来"。

人不能太成功。太挑战自我，其结果就是失去自我。

一个问题考虑一千遍，就等于一千个问题。

我是一只漏斗，无数人从我心中穿过，每天，每月，每年，或快或慢，或早或晚，没办法挽留，也无所谓哀愁；知道你的逗留，抖不掉，冲不走，就那样停在了漏心，越抖越深，越冲越紧，你堵住了我，我抱紧了你。从此，我的心口不再让别人通过，从此，我的怀抱只为你保留，因为从此，我再也不是一只 漏斗 。

真实

避免痛苦的唯一办法，就是不要距离快乐太近；远离绝望的唯一途径，就是不要相信希望爱你。

真理及其嫡亲们永远只会带给你两样东西：没完没了的厮杀和随时随地的睡眠。

早饭和美女，是世界上最值得花时间做的两件事情。

其实，我是个非常专一的人，无论从世界任何一个地方回家，只要有她，就是我的首选，虽然她现在已没有往日的容貌，也没了曾经的高端，但就是满满家的味道。任我飞遍天下，回家还是选她。

喜欢吃大肠煲，是判断一位女性是否值得深交的充分条

生命中的每一段孤独都是助跑，

而我的起跳线还在远方。

件！世界上最美味的食物就是一只喜爱美食的猪的肠子！

三更半夜吃一碗面，是比半夜三更睡一张床更亲密的事情，更何况是三个人一起。

下雨天，整个世界就变成电影院，这个时候最适合做的事情就是放肆地意淫。

虽然用料的品质可以使旧衣服寿命延长，虽然搭配的成功可以让旧衣服重焕光彩，但无论昂贵，还是便宜，穿上新衣服的感觉，就是不一样！

我人生最大的乐趣是做一个靠谱的流氓。

傻逼与伟大仅一线之隔，为了离伟大近一点，我选择傻逼。

错了，不知错在哪里；对了，又有什么意义；对错之间，我们一贫如洗。

命运

　　救人无非救己，放眼芸芸，有几人是在为自己而活；大到生死，小至荣辱，又有几人可以上下自由；生尚无潇洒，死何谈安乐，身不由己，何况乎生？

　　生命匆匆而过，假如无法停留，能否握紧一些。

　　人世间一切的同甘共苦，都是命中注定。你一出现，我就看清。

　　也许一部分人会智慧到足够清醒，但大趋势不会逆转，历史的车轮滚滚而来、滚滚而去，不为谁停留。

　　站在命运的悬崖边，我们总是觉得时间过得很慢，因为恶作剧般地给日后的纠结留下足够的细节，是老天爷的最爱。

参透的本质是参不透，发现的本质是无穷尽，要把有限的智慧投入对客观的无限体验和对人生的无限领悟；眼里没有对手，只有天空……他人的战场只是我的驿站。

钱给的是可能，名给的是所谓，老天给的是命，命给的才是其实。

命运，绝不能掌握在他人手上。哪怕是利益关联者的信誓旦旦也比不上自己的万不得已或一时冲动。

命运，好像个小区，总有些人就住在你的隔壁，一同上班下班，一样柴米油盐，可总也碰不见、遇不上。可终有一天，你会发现，他们的潜伏原来都是注定，都是你的命。

也许我真的错了，可是我还得坚持，也许我这辈子都无法证明自己相信的东西，可是这不就是我活着的意义吗？反正我总要死的，去坚持一个高尚的错误，比顺从一个残酷的正确更值得这几十年光阴。

人世间最好的决定都是急促的，一念之间便可以上天堂。

残缺

再多的热情和梦想也难逃被丑恶人性和残酷现实戏弄的境地，能让他们低头的只有更强悍的不择手段和逢场作戏。

自欺欺人是贴猛药，用得好可以以毒攻毒，化解痛苦；用得不好便成了雪上加霜，送你上路。

无所谓，是一种让人强大的绝症。即使不相爱，也可以亲吻；即使不心动，也可以牵手；即使不思念，也可以滚烫眼神；即使不关注，也可以温暖笑容……无所谓地蜷缩起来，密度大到可以无所谓地贯透众生。

有别人想要的东西，却不打算给别人，还不如没有，比如忠诚，又比如感觉。

愚蠢，好像皮肤病，总是在你虚弱的时候发作。

别人有的，我没有；别人以为我有的，我也没有；所以我应该有别人没有的，实际上我却没了我应该有的。

恶毒，是感情的一种分泌物。感情越活跃，它就越浓。

我总是抓住一切机会去雇佣别人，尤其是短暂地拥有，比如可以送货到家绝不自己去取；可以请人代办绝不亲自上门；宁可穿着耐克，指挥穿着佐丹奴的助理，也不穿着爱马仕，亲力亲为累到要死。我推崇一切短暂的人力雇佣关系，尤其在精神亢奋意识模糊的状态下，我更是欣喜地找到足够的理由行使自己挥霍的权利。

人世间一切的同甘共苦，　　都是命中注定。

完善

　　别人碗里的面总是鲜一点，但是再鲜的面我也能忍住不去吃它。

　　生活可以没有爱情，生活绝对不能没有激情；激情让痛苦变得莫名，激情让未知变得感性；揉搓内心，挤压镇定，照照镜子，眨眨眼睛，吮吸生命，分泌激情，没有激情，也要奸情，好过无情，哀大莫过心静！

　　能做到无欲则刚的人，肯定是少数。绝大部分的人都因为欲望而刚强，爱欲守恒的原理下，没了欲，就多了爱，无论其大小，都比较容易受伤。所以，无欲则伤的人们要学习一种本领：吊自己的胃口。吞不吞得下去不重要，重要的是吞的渴望。

即使，你感伤于闪亮过后的暗寂，还是会渴望光明的影子，我们可以放弃索取的身体，但绝不放弃寻觅的眼睛。

恍惚中，突然感慨自己在犯下无数错误的同时，依然做对了一件事，坚守了自己天性中最宝贵的东西。虽然这种坚持是如此孤独，却让人无比勇敢。即使全世界都放弃了我，我也绝不可以放弃自己。

飞翔了这么久，终于要着地了。天空，从此不在你的怀抱，但依然把你放在头顶。

把自己当外人，是一种技能，有利于挖掘潜能——我是我，又不是我，我是他，他其实是我。

旅行

罗马好像一个美女，你必要先被她盛名在外的壮观和宏伟所惊艳，除却外表的陌生之后，你方能近得一步，感受到她的气息，触摸她、拥抱她、感觉她的心跳，体会到这座城市竟是活的。而至此你才发现之前对佳人的日思夜想不过是少男仰慕，此刻身处其中，恍然不知何方的心动才是爱吧。

越委屈，越冷静，越孤零，越看轻。被困曼谷机场的第六个小时，我幽幽地喝下一杯自调马提尼，心中一念：任你傻逼成千，我自灿烂如仙。

让人不断产生幻觉，这是北京最大的好处也是最大的坏处。上半夜热闹得像天堂，下半夜寂寞得像地狱，而我们紧握的遥控器永远接触不良。

每一处异乡都是情人，她让你安静地感受另一种生命；每一个情人都是母亲，她让你慢慢地想起原来的自己。

又来到熟悉的城市，喜欢这里的一切，唯独不习惯那比美欧都更复杂的过关，一家人里最远的距离，就是只隔着一张桌子，却还要我按下手印。

全世界到处都有正宗的中餐馆，其中很多好过国内的，这到底是漂泊国人的幸福，还是寻根华人的隐痛？千年以来，华人移民遍布天下，其中不乏精英翘楚，单是饮食行业可见一斑。而华人在海外之地位、之状态起起落落，回归寻根之意愿、之行动生生灭灭，中华文化以其称奇的适应性和包容性维系着海外的子孙血脉，但也正是这种疏而不断、缠而不密的维系使得华人继续在散播，在远离，在异国扎根，在异邦谋生，依旧吃着家乡的味道，继续过着他乡的日子。这其中的历史背景、社会现状、文化基因、人格特征值得我们深思。

终于回帝都了，离开一个城市久了，再次见面是要有一些无措的，不过气息必然是亲近的，哪怕是霾，那些抱怨听着听着都像极了嗔怪，好像母亲看到一身汗臭的儿子，骂着，也爱着。

每 一 处 异 乡 都 是 情 人 ，
她 让 你 安 静 地 感 受 另 一 种 生 命 ；

每 一 个 情 人 都 是 母 亲 ，
她 让 你 慢 慢 地 想 起 原 来 的 自 己 。

年过三十，最美好的遭遇就是被迫消磨时间。在旅途的两端，存在着另一个世界，这里属于幻想、性和爱情。

一个找不到理由再去的城市，就像一个找不到理由再爱的女人，与其看她老去，不如将她抹去。

上海的魅力如同一个百变的女人，永远给你新的体验，哪怕换不了脸面和身段，也至少换个发型和行头，保证给你个眼鲜。

上海人在洛杉矶，昏昏沉沉，忙东忙西，不知今夕是何夕……

把所有想吃的吃一遍，把所有想去的去一遍，把所有想亲的亲一遍，把所有想干的干一遍。
——纽约，清晨，中央公园，顶着寒风把自己的最低纲领又默念一遍。

Sunset in Busan, sleepyKorea, we never wake up happy, but we must fall asleep cool.

（日落釜山，睡意满满的韩国呀，既然我们不能快乐地醒来，那就必须潇洒地睡去。）

如果你觉得生命不够鲜艳，就去台北上上色。这里能激起你所有的欲望，然后满足它们，纵容它们，最后将它们阉割。

一天一顿饭，一夜五里路，从初夏到深秋，从麻浦到江南，汉城小姐，如果说你是一个女人，我们此刻也应该彼此靠近一些取暖一晚了。

辑八

步步成长

学会忍受自己的渺小，才能累积自己的伟大

自 省

观察自己，就像观察前方一样；了解自己，就像了解过去一样。

有两种状况特别让人成长：一是大家都说是那样的，你没有体会，直到有一天你突然发现，原来真的是这样的；二是大家都说有人那么做，你没理会，直到有一次你突然发觉，大家都在这么做，唯独你没有。

当我在台北钱柜唱起《北京北京》的时候，就像一个中年男人想起他的前妻，骂得再狠也只是因为付出过太多。

当你心里有灰尘的时候，世界就是灰色的；当你愿望不纯粹的时候，他人就不会纯洁。

突然明白自己为什么睡得越来越迟，那是因为白天自己被这个人间蹭得越来越脏，总需要越来越多的时间去抖落、洗去身心的污秽，才觉得一丝干净的睡意，才敢在梦里对自己的人性保持尊敬。

我们总是在自我感觉良好时犯错，在自我感觉糟糕时错过，在自我感觉麻木时闯祸。

人生就是一个圈子，或大或小，时大时小，有的人把圈子画得越来越大，有的人把圈子缩得越来越小……可兜兜转转，没人能跳得开圈子。你可以挣扎，你可以潜藏……可实际你滑得更深，圈得更紧，直到你挂了，你还是圈里人。

观察自己，

就像观察前方一样；

了解自己，

就像了解过去一样。

自　信

　　能掀起一股风潮的，决不会是弱者，哪怕是凄风苦雨，有追随者，就是英雄。

　　无论你拥有再多，当你真正需要的时候，都会发现，其实，你除了自己，一无所有。所以，哪怕你对自己有足够的自信，也要找准极少数的几样东西，用一生去竭力争取。其他的，都不值得追求、持有或者保存。

　　知道自己会变，是魔；知道自己会变回来，是佛。

　　别关心别人得到了什么，多想想自己要什么；成功如果有秘诀的话，那就是对自己的特立独行保持持久的自信。

强 大

如果上帝在你脑中插了一根刺，那么就把一生痛苦当成快乐救赎。

心头被砍上一刀，开了口子，很疼；被戳了两刀，不成形了，巨疼；被剁了一百刀，成了肉浆，不疼了，索性捏成个心形团子，用热血蒸着，还是一颗滚烫蹦跳的心。

从今往后，饭，吃软的；人，做懒的；珍惜欲望，远离效率，风和日丽，生命无价。

心态与时代一样，往往在瞬间翻过一页。

坚持，也是一种无奈；退缩，其实是种解脱。

用力拉扯你的灵魂，恢复我生命的弹性。

最大的问题是怎样生活，最难的任务是保持自我，最好的休息是白日做梦，最强的对手是下一分钟。

越是害怕它，就越要拥抱它，甚至去亲吻它，狠狠地把舌头顶入，不要怕被咬。宁可带着血离开，也不要流着泪依赖。

向命运不断让步的结果，只能是个性的短命、思想的噩运。"我"可以被强奸，但绝不强奸自己！

再粗糙的钻石，也会在玻璃上留下痕迹。

欺骗别人最好的手段，就是先欺骗自己，相信你所恐惧的事情会给你出乎意料的力量。

我这辈子的所有思考，无非是要搞清楚两个问题：一、什么是对，什么是错；二、哪里是前，哪里是后。前一个是价值观，后一个是世界观，这两个问题清晰了，我就强大了。

——写于欢声鼎沸中的黑暗角落

这世界上只有一种权力不会过期，那就是想象力。

我的理想人生：二十岁靠实力，三十岁靠魅力，四十岁靠定力，五十岁靠潜力，六十岁靠活力，七十岁靠魔力⋯⋯

超越

在冲的时候，你必须绝对坚定，绝对相信，那是通往胜利的步伐；在停的时候，你必须反复思考，反复质疑，来的脚步，去的力度。孤独地战斗，不向宿命低头，要么荣耀凯旋，要么马革裹尸，挫败到尽头也是种绚烂。

走过去，心无旁骛；走下去，不折不挠；有多少偶然可以略过，有多少夜晚可以叹息。

说服别人的最好办法，就是超越他们，远到成为风景，然后他们自然相信你是方向。

Getting used to days, getting bored to works, getting ready to changes.

（当你习惯了岁月，也厌倦了工作，离改变就不远了。）

他永远都不认错，可他总能让人死心跟从；他永远都不让步，可他总能让人心生澎湃；他永远都以自我为中心，可他总能读懂世人的渴求；他永远都走不出矛盾，可他总能邂逅未来和真理。他是乔布斯，梦想把他变成了神，你也可以，也许你无法像他一样改变他人的世界，但你可以改变自己的世界。

辑九

电影 与我

我的人生是一个长镜头，演员来来去去，
故事断断续续，摄影机架在我心上，监视器摆在你眼里。

人生如戏

一直以为自己的人生是部电影，却慢慢成了连续剧；一直以为自己是片子的主角，却慢慢演成了配角；一直以为那么多的巧合是为自己而设，却慢慢变成他人的铺垫；一直以为自己会不在乎观众的多少，却慢慢开始寻找欣赏的目光。

阳光之于双子座，就像细雨之于双鱼座，都是能量的源泉。经历了史无前例凄风惨雨的三天阴霾后，戛纳终于盼来了艳阳天。

每一颗圣诞树都是一张电影票，座位下面藏着火鸡，隔壁的美女香气扑鼻，电影片长四十八小时，许多配角许多故事，音乐温暖寒风刺激，你的围巾她的大衣，我们总是记得开场晕眩的五彩缤纷，却想不起结尾处主角他为何转身。

舞台上、镜头前的演员们常常看不到导演的所在，尤其是那些演得正投入、正出彩的演员。但高潮总要过去，暂离聚光中央那刻，就会看得比较明晰，也许导演还会过来和你说戏。

在电影世界里，演员就是男人，一年干四五部都不是问题，每次只须眼一热，在电影世界里，演员就是男人，一年干四五部都不是问题，每次只需眼一热，心一抖，一头插入角色当中，尽情尽兴，直到喊"卡"抽身而出，长情的兴许意犹未尽两三个月，薄情的一出现场立马投奔新剧组，演绎新生活，且不说作品出来是好是坏，就是最终能否诞生个作品都非他左右，所以多数演员体现了自然界雄性的特征，向数量要质量。

而导演顺理成章地成为女人，现场一通激情互动后，带着折腾出来的原料进入了漫长的后期制作，如同天下女人怀胎十月，这少则半年、多则数年的孕育过程里，导演们面目可憎，情绪波动，期间很难对其他关系投入，惶恐和焦躁直到作品出世前达到顶峰，终于呱呱坠地，还常常遇到父亲牵绊于新关系无法现身，只好独自抱着骨血，挣扎起身，努力把新生命推到世界面前。

奈何颜值和天资局限，此生只能辛苦做女人，但愿下辈子有机会潇洒一回，体验一把男人！

电影和人一样，

有的看似完美，却未必惹人喜爱，就像好女人，

有的缺陷突出，却常常广受欢迎，就像坏男人。

第二生命

电影，说到底有两种，一种是展现大部分人视而不见的东西，一种是呈现小部分人异想天开的东西。前者拐弯抹角地引你面对现实；后者兴师动众地拉你脱离现实。前者提醒你生命很短暂；后者告诉你生命不完结。中国市场这两种都缺，但更缺后者。因为前者好似西医，讲的是精准，要对症下药；后者好比中医，讲的是养生，要固本守元。

人类的情绪和思想一样，都是伟大的。因此，一部能释放人情绪的作品和一部能启发人思想的作品一样了不起。可惜，当下中国大陆大部分创作者们憋不出后者，又看不起前者。

一个创作者最重要的品质是什么？真诚！没了这点，注定失败，同时不要忘记，真诚是双向的，所以得分清对象。就好像结婚时，你对爱人说，未来过日子我最看重的不是你和家人的感受，而是自己的快乐和潇洒，这属于欺行霸市。做一档子事，就得操一档子心，更得哄一档子人，这是天理，也是人情。

几千万中国年轻人正在用几十亿票房给电影下新的定义，我们要故事，她们要桥段；我们要情节，她们要感觉；我们要一幅画卷，她们要一抹色彩；我们要一份感动，她们要一股情绪，我们眼里都是笑话，她们心里却是神话。世界太残酷，时代太现实，青春拿什么对抗这个世界，无非去到梦里勾勒一个童话。

做电视剧就像带孩子，一刻不得有闪失；拍电影就像谈恋爱，不确定才有惊喜。

总导演的压力在于：无论多数人买大，还是买小，他得把自己变成庄家，而不是骰子。

舞台是神圣的，就像白色的床单，期待见证鲜红的献身和喷涌的才华，肆虐在一起，翻江倒海，光芒万丈！

一直以为，戏剧的产生是一个阴谋。看似编个故事娱乐

做电视剧就像带孩子，一刻不得有闪失；

拍电影就像谈恋爱，不确定才有惊喜。

你，实际上却悄悄改变你的命运。不论是古罗马剧场，还是楚怀王帐下；不论是前朝的战舞戏曲，还是民国的电影话剧，这台上演得越离奇，这台下变得越迅疾，古今多少事，皆发观众席。

大多数导演所钟爱万分、拼尽全力的作品通常都差强人意、低于预期。其实，这就如同爱情，但凡当事人作得死去活来的恋爱，在旁人看来，都既不美好，也不值当——最爱的都不是命，最好的定是意外。之所以最爱，大都是因为缺乏、对立、不适合，人生大致如此。所以，通向完美的路总是得擦着至爱而过，不远不近，得偏那么一点，而这点间隙，就是运气。

——评《黄金时代》

香港，曾经是一代人的幻想对象，她有时纯情，有时香艳，远远望她，暗暗念她，我们常常自艾，偶尔自虐，然而光阴荏苒，世事如斯，一部她主演的电影却悄悄地宣告着她的老去。一代佳人的悲切，不在于脂粉掩不住容颜苍老，而是她的喜怒哀乐从此与我们无关。

电影和人一样，有的看似完美，却未必惹人喜爱，就像好女人，有的缺陷突出，却常常广受欢迎，就像坏男人。这其中最关键的真理就是观众和情人一样，比起完美，他们更需要的是新鲜，一个不懂谈恋爱的导演不会成为一个好导演，所以感情太稳定的导演大都不受观众的待见。

对名著改编的退步是全球普遍性的，这是一个无可奈何令人沮丧的现实，真想时光倒流去看看那些堪称完美的经典是怎么拍出来的。以前电影很少，一部重播很多遍，我们都相信那就是世界；现在电影很多，竞争很激烈，大家却互相质疑够不够电影。其实，电影是脸，生活是心，心里东西杂了，脸总是笑不干净。

除了在飞机上，我从不看各种盒子，电影这东西和女人一样，拥有的环节必须有足够的形式感，没有足够形式感就无法足够投入，不够投入就无法足够领略，不够领略就无法真正享受。所以，要么走进最好的电影院，好像四季开套房，要么买下最正的光碟，好像家里摆烛光，否则，不如单吊，烦闷时，举头看月光。

电影，是件很私人的事情，但它又必须大众。之所以私人，因为它是我的世界；之所以大众，因为世界不是我的。

辑十

见文识人

躲在人海里，把天空腾干净，
藏在寂寞里，等月亮来贴近

诗意盎然

　　抱的时候不要保留，松的时候不要回头。眼泪冲不走遗憾，哭泣带不来温暖，如果他还没走，快去握住他的手；如果他有要求，不要逼他说出口。钻石晶莹剔透，因为它在你的眼前；歌词千回百转，因为它在那人口中。让我们对失去说再见，因为我们曾用心拥有。

　　假如你是真的，我要跟在你的身边，人群中，不让你离开我的视线；假如你是真的，我要把美味喂到你嘴边，小街上，从头至尾我们都尝一遍；假如你是真的，我要轻轻牵着你的指尖，晚风中，传递温暖直到你的双肩；假若你是真的，我就愿是假的，在梦里陪你，哪怕一天。

　　默默注视你的轨迹，暗暗接近你的领地，不带一丝犹疑，不含一分惶恐，悠悠地升起信的风帆，慢慢地落下愿的铁锚。

你，还是你，我却，永远是我。

我，该生在唐代，散万贯家财，睡长安粉黛，逛边关要塞，交王勃李白，看云帆沧海，听夜半船来，叹李家天下，哀杨氏丧马，我叫文武贝，祖上濂溪北，我不爱莲花，我爱路边花。

昨日，是谁伴你嬉戏，明天，有谁陪你看海。爱情，就是看着远方一起发呆。黑夜里，孤独是高贵的，阳光下，孤独是卑微的。

我的天堂就是捣烂的地狱，我要亲吻魔鬼，把她们变成天使！

上帝孤独地韬光养晦，魔鬼疯狂地金迷纸醉，天堂的泪，地狱里垂，究竟哪里是天使的宿归。

太阳永远在明天早上升起，所以黑夜只是我们的游戏。

一个偏执狂的非典型堕落，让我干净地糜烂，不留一点褶皱！

落日，是海与天的前戏；创作，是我和神的调情。

重临故地，身心谷底，顿有所悟，就此涅槃。

当灵魂依然绕着梦想在长跑，就让我的肉体暂时腐烂在天堂。

你是夜幕中一朵 ，淡淡月光是你的粉底，徐徐晚风是你的香气。你悠悠地飘过，我呆呆地陷落。从此，不眠是我宿命，漆黑是我黎明。

眼光交错的一刹那，彼此的未来就已经注定；生命的激情被平庸和欲望耗尽；转眼，花落花开，歌还是这首歌，心却已非那颗心；想挽留吗？冲动、思念、悲伤都化为徒劳，只能在日渐脆弱的心田里，留下几道淡淡的痕迹，叫作回忆。

左边是天堂，右边是地狱。我们总是从左边开始，到右边结束。一路上，消费着右边的快乐，消耗着左边的幸福，在天堂发呆，在地狱起舞。

从前，爱是很喜欢；现在，爱是不讨厌，这中间的一点，叫作成年。原来，再挥之不去的习惯也可以一去不返，再由来已久的喜好也可以一夜改变。缘里缘外，一念之间。

将军脑袋秀才身，追花弄月劈啪心，缝缝补补一辈子，拼拼凑凑两面人。

帝都比魔都更温暖，拥抱我，缠绵悱恻的丽都，出尔反尔的蓝！

凭首斜风寒夜天，孤卧北寝断影怜。不堪今世纷飞乱，但求来生蓬莱仙。

若问情深几许？怎奈世俗难去。垂首低眉心云暗吹，了却自然飞。

楼外风光楼内霜，一日逍遥一岁慌。

半生浮花千堆影，两袖痴粉万重香，长路醉行终归醒，最感孤伶到故乡。

春天是肆无忌惮的季节，无论是甜品的暗送秋波，还是酒精的投怀送抱，我们都安之若素，因为，夏天就在不远处。

荃湾是一场梦，上环是一段坡，天后幸福地躲在旺角身后，尖沙嘴总也忘不了铜锣湾的错，这一夜，赤柱偷偷看见，湾仔在跑马地的月光下独自撒野。

久违之地，万千人气，鲜风颜雨，老少莫敌。满场尖叫，四方癫狂，摧枯拉朽，只剩高潮！

初来乍到，此处风光独好，方兴未艾，海阔任我挥毫！

心动，就像雪花，落地前都是美的，飘飘洒洒，洁白无瑕，之后，要么踩踏，要么融化。

山雨欲来，云绯游走，一步天涯，谁与君投？

寂寞照前途，风雨下南洋

左边是天堂，

我们总是从左边开始，

右 边 是 地 狱 。

到 右 边 结 束 。

一树风雨一肚忧，三更不解四更忧，千军万马过，七上八下梦里留。

酒薰不知楼梯处，窗外江南敢几度，两杯淡饮浓心碎，梦里将军梦外肚。月光一份下胡酒，红颜两地起春风，卿若爱斟君爱饮，夜下无人雪上空。

夜晚是一堵墙，你涂满它，它就是梦，你温暖它，它就是家。

你是一坨淅淅沥沥的秋雨，游荡在我的回家路上，我们若即若离，保持半厘米，有你的一边是天地，有我的一边是诗意。

夜色清冷，踌躇难归，德庄袅袅，谁人与陪？

一夜寒花霜两枝，几日逍遥几岁痴。金驹玉宇空如梦，此生最恨燕来迟。

灯下丹尼冷，窗外崂山唱，半月八千里，一梦抵三亿。

山花野月古北坡，三杯两盏水上桌，对邀司马离黄草，此杯过后羽梦多。

你从星星走来，我没有注意到你，你把野蛮升华，我也毫无记忆，但你舍生取义，凛然回眸，半颗眼泪掠过的刹那，我感觉我的人是扳机，我的心是瞄准器。

我们喝的不是酒，我们喝的是时间；你们唱的不是歌，你们唱的是忘记。

暗，但雪那么清晰。

荣华不过浮望眼，一夜膝语抵万金。山花烂漫路不识，万紫千红谁是春。

岁月流沙青春瘦，童心暗藏真难守；一路风沙蚀梦过，几亿伤心不必说；人生自古谁无碎，且行且唱运方催；英雄何惧十年等，日升日落试我深。

我是锦上一支花，你是雪中一篓炭，你终究会熄灭，我迟早会凋谢，感谢你给过的温暖，庆幸我添过的灿烂，花团锦簇你继续，大雪纷飞我依然，不奢望朝朝暮暮，不妄求兜兜转转，盼只盼败花没入灰烬，愿只愿余温化开残冰。

　　岁月流沙青春瘦，童心暗藏真难守；一路风沙蚀梦过，几亿伤心不必说；人生自古谁无碎，且行且唱运方催；英雄何惧十年等，日升日落试我深。

　　我是一座帆，你不在怀里的时候，我只是粗糙的布，你在了，我就是大海；我是一首歌，你不在伴随的时候，我只是干涩的词，你在了，我就是心动；我是一缕香，你不在厮磨的时候，我只是孤单的味道，你在，我就是沉醉；虽然，你是风；其实，你是旋律，终于，你是那个人。

　　艺术满山遍野，她不与你说话，她只和你接吻。

　　距离星星最近的不是另一颗星星，而是我的眼睛。

　　终于要离开，孤独地来，孑然地走，用十八年证明一种可能，用执迷不悟换到一次选择；终于又回首，爱过，伤过，痛过，哭过，哀过，怕过，凉过，一切恍若眼前，一切瞬间遥远；终于能看见，是起点，是原点，是梦的开始，是睡的结束，豁然中那山顶，前路即是幸福。

把离开当成一种味道，把分别当成一碗菜；思念是早餐，必需而清淡；等待是晚餐，浓郁且危险；亲吻很甜，拥抱很咸，最美的爱情就是一顿午饭！

她的眼神变了，他知道他挽救了一段婚姻，可惜不是他自己的，不，应该是救了两段，都不是他的。这是命，他认了，他明白他丢失的，别人找回了。

我的血不够，染不红人间；我的心很瘦，等不来誓言。

我希望我一无所有，这样我就可以赤裸裸地拥抱另一个灵魂，而不必顾忌彼此的装备是否匹配；我希望我一无所知，这样我就可以傻乎乎地交换每一刻生命，而不必察觉他人的托付是否对等。

内心无比灿烂，行为无比枯干，多少风花雪月，几度夜色如水，一肚饥荒，满眼苍凉，千万秒中等着花开，六道辗转候着同船，细细数来，沥沥寡淡，窗外世界无边，灯下春梦徘徊。

兀自翻山越岭，一路以寻光明，看似云淡风轻，实则如履薄冰，于千古间看是非，从混沌中洗真理，挥天洒地，啼血呕心，偶现一抹斜阳，越加珍惜！

又一颗 ⭐ 星 ⭐ 星 陨落，碎在我眼底，从此不见真情；又一朵烟花燃尽，散在惊艳里，从此美不过心。

你是夜幕中一朵云，淡淡月光是你的粉底，徐徐晚风是你的香气。你悠悠的飘过，我呆呆地陷落。从此，不眠是我的宿命，漆黑是我黎明。

明朝再次去向最危险之国度！回首来路，悬崖绝壁，如履薄冰，抬眼前方，荆棘丛生，枪林弹雨，然而依然高歌猛进，日日刺刀见红，夜夜临渊做梦，如此人生猛乎？不，此生为一介书生！

音乐是个流氓，他总是逼我吐露不能说出的秘密，他无比残酷，慢慢靠近我，偷偷挟持我，撬开我的嘴，蒙上我的眼，

你 ， 还 是 你 ，

我 却 ， 永 远 是 我 。

邪恶的快感乘虚而入，滚烫的秘密喷涌而出，直到人空作一团，他扬长而去，飘起，散落，一地。

一世孤单为名伶，几堂豪彩归福卿。人生如白心如镜，既无风雨也无情。自古梨园多瑜亮，不艳梅兰芳照常。我若游龙重戏凤，宁负天下不负冬。

《水调歌头》半首：归期可定否？迎风对江州。天下恢恢堪大，怎比小宇宙。一心金风玉露，半身沙场尘土，万佛莫挡路。水兴断孤草，一浪不回头。

《灰尘》

我希望自己／肤浅而蛮横／一如地上的灰尘／时而狂放／化作彩虹扶摇直上／时而沉寂／变成足印委身鞋底／被驱赶／被唾弃／也不改宿命／被亿万同类埋葬／花一千年腐烂／成为土壤／孕育生命。

《汉堡》

我是一坨肉／你不啃我／就没有力量／我是七分熟／你不嚼我／就没有味道／我是蛋白质／你不收我／就没有明天／我是烟火气／你不粘我／就没有生活。

《灯》

看着岁月堆在眼前／我的心脏一落千丈／不敢回头／因为后面都是割舍的肉／没有皱纹的眼球充满了血丝／没有替补的鼻梁还架着自尊／熟悉的脸庞跑着天空／陌生的月亮守着家门／默不作声／瞄准命里那盏隐约的灯。

《原地》

我站在原地／放肆妄想／眼前都是舞台／座席布满前方／我站在原地／放声高唱／路过都是观众／脚下就是中央／我站在原地／放眼天堂／烟花头顶绽开／佛陀背后鼓掌／我站在原地／放胆凄凉／十年一个转身／一世一次转场。

《长假》

大家都在晒地图／我在家里晒床铺／你的脚底在丈量地球／我的指尖在摸索按钮／不一样的幸福／都一样的孤独／关了灯的房间／一个人的七天。

《致牧马人》

别中原，入西夏，翻贺兰，突蒙古，万米胡杨，咫尺戈壁，一路欢骑唱胡虏，不过黑水志不枯！两天一夜，涤荡洗新，走过玄奘之路，踏入戈友之门，透过沙漠生存，体验生命本真；匆匆一聚，久久回音，视野扩大，痕迹归零；茫茫戈壁，璀璨星河，夜半围谈，荒野交心；偶然的相遇，必然的同行；这趟，我们同车共袭三百里，下次，我们促膝再修两千年！

　　无论她是圣洁，还是放荡，我都爱她；无论她是黑暗，还是阳光，我都信她；无论她是麻木，还是细腻，我都懂她；无论她是静默，还是疯狂，我都陪她。没办法，就是这么专一；没想过，怎么这么死心？不要问我累不累，更不要问我值不值；这是我的命，也是我的幸。今夜，用尽气力，就地大声呼喊——生日快乐，亲爱的中国！

随心笔
记

路边摊，两三人，一壶烧酒解千愁；梭子蟹，鲜鲍鱼，八爪挂肠夜更沉。是到离处，垂泪亦何苦，虽距千里，入口即同福——照中乃一稀奇美味，似花，似株，似石，似壳，诸君谁知晓，此为何物？

异乡夜路，独自半醒，月不醉人，云亦醉人。

一开始，人都只爱自己觉得最干净的东西。可后来，他们发现越干净的东西越容易脏，于是渐渐地，他们开始连脏的东西也爱了。

——写于《山楂树之恋》观后

往事如烟人如帘，梦如西风影如掀，一杯百万陈珠动，不成绝景不成眠。

——赴京前夜感怀。

半夜到家，水龙头爆裂，喷涌而泄，整个厨房滴滴答答，小强不禁莞尔，这是横财啊！于是他愉快地进入梦乡折现去了！

静 静 的 下 午 ， 风 云 再 起 。

致复旦：

我灵魂最自由的日子在你怀里度过，之前他太轻，之后他太重；我生命最伸展的弧线在你肩头划过，之前他不够远，之后他不够高；我记忆最敏感的部分在你脚底埋过，之前他只会痒，之后他只会疼。所以，你是我的唯一，我是你的特别；所以，一有了你，就有了我；所以，我们都是双子座。

沪有"小杨生煎"，皮薄汤多。原是家小铺，日夜排队；后来成了对门的两家，两条长龙；再后来老板娘在全市开了6家分店，依旧火爆；再后来，风投客瞄上了小杨，劝说其上市，老板娘曰：我年净利过千万，不差钱，上市何用？客答：年开百家，明年上市，后年套现，百亿！否则得干几年？老板娘心动，生煎味道遂大不如前。

今有一快女评委求教：如何从另两位巧舌男评委中脱颖而出，我好心地告诉该美女，他们长，你就短；每次发言就一句话，语态要温柔，语速要缓慢，语义要隽永，比如面对一个五音不全穿窄腿裤的老伯，你就该这么说：老爷爷，真的辛苦您了，但人可以挑战自己的极限，最好不要挑战别人的极限。女大悟，乃返。

这个时代之所以悲哀，就是因为想当英雄的人太少，想当赢家的人太多。

——写在生日过去之后

世间所有的不期而遇，都是蓄谋已久，心里所有的劫后余生，都是海市蜃楼。

——写在真相慢慢揭开之时

人类在爱好上的差异，本质上分为两个方向，喜欢同类多一些，还是喜欢自然多一些，一个向左，一个向右，一个心就像世界，一个世界就是心，这点得看清楚了，才好结伴。

——看《有一个地方只有我们知道》有感

我们
喝 的 不 是 酒 ，
我 们 喝 的 是 时 间 ；

你们
唱 的 不 是 歌 ，
你 们 唱 的 是 忘 记 。

故事
白描

　　十二点，中环上，太阳乐观得很嚣张，身体寂寞到有点凉，调频里都是广告，右车道始终有部尼桑，这条老路还要走几趟？这种日子还要剩几箩筐？我不知道，也不在乎，到底是外面的阳光太刺激，还是里面的眼泪太滚烫。

　　一辆奥迪车驶过，一只女人的手夹着香烟靠在摇下的车窗上，月光中她秀发盘起，神态严谨，像一头母豹。即使在单手驾驶，雪白的脖颈依旧保持着向后的曲度，让人几乎能感觉到那部位的温度。烟没有点，只是稳稳地夹着，右手快速地打着方向盘，极速的拐弯后她用背影把我拉到她的副驾驶上，我缓缓伸出手挽住那段洁白纤细的曲线，暖流瞬间让我瘫软，居高临下地倒向她的嘴唇。我来不及看清她的脸，只看到一双眼睛，里面是天窗外的星星，和渐渐消逝的自己。

　　午后，百老汇艺术影院，怀揣垃圾食品跟随北京文艺青年们朝圣。黄色潜水艇，一部关于披头士的动画片，经典而磁性的老歌，粗糙但幽默的画面，简单却哲理的情节。黑暗中，感慨我们不缺飞扬的情怀，缺的是缜密的沉淀，正如这座承载文化使命的城市，萧瑟庞杂、爱恨交错，激发了人性，却又漠视它的感受。

古有小县，方千米，民皆健行。令自乌来国使返，曰：乌人皆乘马，速而华，以图歌之，众羡。乃令骑缰，马草，教习，皆由官供，价昂众仍涌。引马种马场，举马赛马会，民乐不吝钱，户户得骑，缰贵于马，厩不济。遂马贯于街，行缓而粪堆，臭及乡里，众怨。又令：行马者日五贯！可解。

——有感于沪将收拥堵费

二十年前，第一次坐着空荡荡的飞机到北京，已是深夜，又坐着空荡荡的公交车经过了天安门，到了黑漆漆的西边，住在了翠微东里一个小区防空洞改造的旅社，三十块一晚，没有窗户，没有厕所。合衣睡在臭烘烘的被褥上，眼睛瞪着天花板上的赤膊灯泡，心里一遍遍回想刚才因为误闯某机关大院而被探照灯聚焦，被武警战士持枪呵斥的情形，一种牛逼感油然而生，这他妈的才叫首都啊！

然后，隔壁屋传来一对河南青年的对话，让我更加难以平静。"哥，我们说好只是住一间屋的，我是真把你当哥。""我是真喜欢你的，你看咱都睡一张床了……否则你干吗跟我来北京？""你真的别这样，我们来之前说好不这样的……明天我要去秀水街买衣服。""秀水没啥好的，我们还是去故宫吧。"

就这样，博弈持续了一宿，大气不敢出的我一夜未眠，却丝毫不乏困，内心竟然欣喜无比，原来古龙说关于女人的一切在这里都是真的！我起身，在街口买了一个两块五的煎饼，向着故宫出发，走在长安街的艳阳下，我突然莫名其妙地豪气冲天，北京，你等我长大！

一场牛哄哄的饭局，一位教父级资本大佬，两位新生代投资精英，三位新媒体旗帜偶像，加一个屌丝状电影苦力，PGC（指社交平台专业生产内容）、UGC（指社交平台用户生产内容）、DGI（指汽油高压直喷技术）、UV（指通过互联网访问、浏览这个网页的自然人）……各种听不懂的高大上词汇满桌乱蹦，一段段风云往事就此揭开面纱，一幕幕商界传奇就此埋下伏笔，谁也记不得吃的冰镇小龙虾还有酒糟的味道，谁也分不清喝的波尔多红酒来自哪几个酒庄，只有电影人认真咀嚼着这个传奇会所的一道道大菜，虾籽玉菜烩辽参、盐焗爆椒走地鸡……

终于在服务员换了八次果盘之后，话题被抛到了电影人的跟前，经历了某精英一番言过其实但又褒贬混杂的介绍之后，电影人战战兢兢地汇报了自己的前世今生和何去何从，显然未能击中众人的嗨点。在大佬精彩的总结陈词之后，饭局宣告结束。

电影屌丝带着满满的素材走出那栋神秘大厦，抬头望望一轮明月，坐上一辆"滴滴"叫来的宝马车，堵死在周末滚滚车流中。

唉，魔都，充满神奇！

摆渡车里弥漫着一种不幸且压抑的气氛，一位空姐拿出纸巾帮一位大佬模样的要客拭去花白头发上的雨滴："真不好意思，我们也是降落后才知道是远机位的。"

"靠，有一次也是东航，半夜降落石家庄，居然也没有落到廊桥！""唉，关键是买票时都无法避免。"我隔壁那两位在天上一直讨论着资金池还剩多少亿的中年男子还在抱怨着。

终于，到站，出关，取行李，一行商务客纷纷上到出发大厅，正当众人举着手机联系各自的"滴滴"司机时，忽然发现，本应宽敞的出发层人满为患，无数拖着箱子的出发客径自矗立在那里，所有人一律呆呆地仰着脖子，注视着那块电子大屏，好像看久了就能打动它一般，眼神中也没有愤怒，就像被人迎头一闷棍过后，只有一种让人心疼的迷茫。

我突然兴奋起来，穿过人群，看了看手表，只晚点了二十分钟，我的"滴滴"司机在不远处朝我招手，我顾不得地上的积水，飞跑进这坨巨大的、湿漉漉的霾，帝都，我回来了！

这样的爱情

两天前，一次偶然的尴尬邂逅引发了两位女人对于爱情和男人的一次进行到深夜的讨论，而所有的结论似乎都归结到了两点：爱情是短暂的，而男人们都是动物。我有幸全程聆听了这两位伤感女子的深夜谈话，从桌对面看着这样两个拥有各自美丽外表、迷人性格的女人说着她们颇为相似的经历，并进行这一连串推论的时候，我发现也许你们需要一次长长的假期，去重新发现一些被遗忘了的东西。

我正在度假，并不只是休息，并不只是让自己的身体得到充分的满足。我需要的是心灵的宁静，在这段时间里，抛开工作的压力，不去想老板的不公平，不去想同事的猜忌和排挤；也抛开金钱的诱惑，不因为看到报纸上的房产广告而抱怨自己的蜗居和可怜的薪水，不因为流连在恒隆广场底楼而算计下一

如果你被这样的爱情所打动，就拿出勇气来，停止付出就不会有回报，怕受伤害的人永远得不到这样的爱情。

次跳槽之后能否进去肆无忌惮地试衣。

我告诉自己，今天我休息。

这样以后的几个星期，我开始审视自己，在过去的几年里，我是另外一个自己，为了达到目的，每天忙忙碌碌，做了许多事情，却越来越丧失了意义；在过去的几年里，我忽略了爱情，那么多的曾经让我以为爱情就是那样的东西，麻木了感觉也麻木了自己。

但在这个长假里，我渐渐发现，正如同饥饿使人清醒，平淡的生活让心灵水落石出，美好的感情在我眼前渐渐清晰，我想我渴望这样的爱情：

我和你一起在车站等待，如果是冬天，我要把你搂在怀里，然后在车里用我的双臂和不那么健壮的身体撑起一个空间抵挡人群的拥挤。

我和你相约在闹市的街头，我手里攥着快要开场的电影票忍不住焦急，而迟到的你从背后蒙住了我的眼睛，然后用亲吻让我无法生气。

我提前结束了工作去接你下班，背后藏着一束鲜花想着如何给你一个惊喜，你突然出现，虽然早就看穿了我的小把戏，可你依然显得那么高兴。

我和你在朋友们的聚会里被人称作"老夫老妻"，我们微笑着用眼神传递信息，然后在每一个可能的间隙，偷偷地牵一下手表达爱意。

我和你一起逛街买东西，买着买着总是走到女装部，你一件件地试衣，我只好傻等着想象着心爱的人如何变换着美丽，你每次总要问我的建议，我说"好"，你嗔怪我：为了还价，你得说"还可以"。

我在你最喜欢的西餐厅里向你求婚，你皱着眉头说我还没有通过考验期，满头大汗的我急忙掏出2克拉的戒指表示诚意，你一把抓过试了又试，嘴里说着"这次就算是个特例"。

我和你商量如何庆祝第7个结婚纪念日，你抱怨工作的压力和孩子的学习，批评我没有了往日的细心，我从包里拿出两份旅游协议，你兴奋地大叫："最想去的就是意大利！"然后整晚你都带着笑意，那美丽让我想起初遇时的你。

有一天，我们真的成了老夫老妻，住在带庭院的房子里，等待孙子们的来临，你总是会拿出相册和我一起回忆，然后开

爱情是短暂的，
而男人们都是动物。

始争论到底当初是你追我还是我追的你。

终于，我将离开你，在最后的时刻，你抓着我的手哭泣，你说："答应过凡事我们要一起，至少我离开的时候身边要有你。"我只能用嘴唇向你示意："亲爱的，没关系，你那么多年迟到的习惯培养了我的耐心，这次我还会在那里等你。"

朋友们，

不要放弃爱情，哪怕曾经被爱情放弃；

不要藐视希望，否则就会被希望藐视；

不要怀疑天长地久，你需要的不是怀疑，它是爱的毒药；

不要信仰曾经拥有，因为这根本不是信仰，它只是麻醉剂。

这样的爱情需要的是你的执着，你的经营，你的付出，你的自律。

如果你被这样的爱情所打动，就拿出勇气来，停止付出就不会有回报，怕受伤害的人永远得不到这样的爱情。

其实，你我都知道，我们都渴望着这样的爱情。

生命中最美丽的错误

不知是什么促使我从床上爬起来又坐到电脑面前。

也许，是那篇电视上的短文。

一个小孩子，出于无奈，做了个违反本心的选择，走上了一条漫长的痛苦人生路，结果可能只是证明那是一个错误。

小孩子在文章的结尾，喃喃地说："我是一个寂寞的小孩子。"

有些选择一旦作错，会后悔很久。

但如果所有的选择都正确，同样会面临这样的结局。

同那个小孩子一样，曾经在那豆蔻年华，第一次把握自己命运的脉搏。面对的是同样的两难处境，所不同的是，我坚持了自己的选择，所谓正确的选择。

可是当经历了无数次正确的选择后，我同那个小孩子的处境竟是如此的相似。

当别人为了实现梦想还在继续梦想的时候，我已经向着目标跑了很久。

前面有大山挡着，有大河拦着，我就绕着跑。

暂时的方向偏差没有动摇我，因为我知道，山那边的风景始终是我的方向。

我跑啊，跑啊，心里想着，只要坚持，绕再远的路，也终会到达。

直到看见了那山的后面。

突然发现，山的后面，河的那面，什么也没有，有的只是可以幻化出无数海市蜃楼的无边沙漠。

可我还在跑，向着沙漠的深处，跑去。

太多次正确的决定，太多权衡，太多掂量，太多太多的清醒。

使我像那个孩子一样，无力改变，无力抗争。

不同的选择，一样的结局。

唯一的不同是，孩子在山的那边，想象着永远无法亲眼见到的美景，眼中噙着泪；而我在山的这边，望着无垠的沙漠，在回首的一瞬间，欲哭无泪。

在这个沙漠的夜晚，我又将做出一个正确的决定。

放弃一个美丽的愿望，放弃一个曾经让我可以停止的理由，我选择继续跑。

因为貌似正确的决定总是痛苦艰难，所以请给我一年的时间，在这一年里，每当我们相遇，请不要对我微笑，不要给我温柔的眼光，哪怕我眼里有无尽的渴望。

我将告诉自己，那令我动摇的灿烂和光明，只是沙漠夜空中的一颗流星，而那星光会永远印在这个寂寞人的心中，他会把光芒珍藏。

请不要，请不要给他回头的理由和一丝的希望。

请不要让他停下脚步，虽然，那也许是生命中唯一的一个美丽的错误。

对失去说再见

早晨起来，久违的太阳扑扑地照进房间，母亲在阳台摆弄着我家的那几只小鸟，父亲则悠闲地躺在沙发上享受那个新买的脚部按摩器，一切平静如旧，直到那一个电话。

父亲在电话的这头低声地应和着，然后挂了电话，继续按摩。

"刚才小强打电话过来说，小妹的检查结果不太好，可能是癌。"当母亲走进厨房准备午饭时，父亲同往常一样汇报着，"医生说，5年的存活率是30%。"

母亲嘟哝了几句，埋怨被称作小强的姑父去年没下决心让小姑作手术，然后就不再言语。父亲继续看电视，不断地变换频道。

午饭时，母亲突然又问父亲："刚才小强打电话来说什么？"父亲重复了一遍，并没有像往常一样埋怨母亲的心不在焉。片刻沉默后，两人继续讨论晚饭的菜谱。

下午，一个即将装修新房的朋友到我家参观取经，一向以装修知识自豪的父亲一如既往地替我招呼着。刚午睡起床的他一脸疲惫，懒懒地应酬着，没有了往日的谈兴。

在送朋友出门的电梯里，我想起了我的小姑。

小姑年轻时很漂亮，奶奶和父亲曾经想把她嫁给一个有钱人家，从照片上看，那时的小姑也的确有那样的资本，奶奶常说："那时，相中小妹托人说媒的，踏破门槛哦。"

可是，结果小姑还是在一片反对声中嫁给了小姑父，一个比小姑还矮的小个子男人。

小姑夫妇在养小孩之前生活很是潇洒，两口子很舍得在自个儿身上花销，没什么积蓄，对我们小辈也很是小气。只记得，每年春节从他们那里拿到压岁钱是不敢奢望的，常常是一个气球或是一块巧克力就将我们这些激动了几个晚上的小孩子给打发了。直到近年，每到年关母亲包红包给小姑的孩子时，小姑夫妇当年的吝啬还会引发父母在红包具体数目上的争执。

生下一个儿子之后，小姑夫妇的生活似乎就走了下坡路，先是姑父下了岗，然后原本在厂里担任科室主任、家族中唯一入了党的小姑也因为企业改制而转业到街道工作。因为是中年得子，小姑夫妇很是望子成龙，央求着父亲出资让表弟入读需要赞助的重点幼儿园。为此，母亲和父亲大吵了一架，我也因此了解到当年母亲初嫁过来，怀着我住在后厢房，而小姑夫妇为了房子，曾挑拨奶奶将我父母亲赶回了我外婆家。多年以后，每当忆及此事，母亲就禁不住眼一红：「那时候，我是含着泪咬着牙，心里这个恨啊。」

　　表弟终究还是如小姑夫妇所愿进了那所汇集了众多大款和领导后代的幼儿园。而姑父却因为没什么特长，人又不勤快，一直没有找到固定的工作，只好在小姑和奶奶的说情下到父亲的小公司帮忙，直到父亲的公司也因为经济不景气而歇业。于是干脆回家做起了他最拿手的家务，而家里的开销就全落在了在居委会当书记的小姑身上。

　　虽然，生活负担日渐沉重，表弟的教育费用也着实不菲，但小姑夫妇的日子却似乎依然过得自在。每周下一趟馆子是铁定的，惹得父亲常以此来埋怨母亲的想不开。

　　去年，父亲中风住院，小姑夫妇提着水果领着表弟来探望，劝着父亲，安慰着母亲，病床上的父亲拍着表弟的头赞道："个子长高了不少啊。"而母亲也急急地催我理些不穿的旧衣服给表弟："小孩子嘛，阿哥的衣服拖一拖，你小姑能省一点。"

　　可是，父亲刚出院没几天，母亲就向我抱怨小姑向大姑要求查奶奶赡养金的账，而原本这帐是由父亲保管的。父亲知道此事后，骂了几句，叹了口气，便把账移交给了大姑。

10年前，也是在一个早晨，父亲匆匆地从外面回来，带来了小叔肝癌晚期的消息，朦胧中，我记得父亲不断地打电话联系熟人询问各种治疗的办法："就死马当作活马医吧。"父亲在每通电话的结尾如是说着。

三个月后，小叔临终前，父母赶着去见最后一面。临走，母亲按着我："小孩子就别去了。"父亲回头看了看我，说："也好。"

6年前，也是一个电话，父亲在收到爷爷出车祸的消息后急急地赶了出去。此后的几个月，父亲忙着与肇事单位交涉赔偿的细节，夜夜晚归，直到爷爷因为医院的输血感染病危弥留。拿着对方的支票，父亲反复地说着："人保不住了，只能争取多少是多少了。"

那天，母亲打电话给住校的我："去看看你爷爷吧，爷爷宝贝你的。"

今天，当我晚上回家的时候，父母已经如常早早地睡下。但直到我行文至此，仍然依稀听到父亲起床走动的声音。我知道，父亲今夜无法入眠。

也许，年龄的增长，精力的枯竭，使我们的获取越来越少，每天都将面临失去和诀别；

也许，岁月的流逝，现实的无奈，使我们的心灵被尘埃覆盖，渐渐结成了坚实的硬块；

也许，这一切会让我们的情感变得麻木，反应变得苍白；

但我们依然无法对失去习惯，哪怕冷漠和逃避已经成为了习惯，

只因为，那个硬块，会因为每一次失去而碎裂；

那颤动会触及人性的最里面。

也许，尘世中的凡人逃不开误解和偏见；

也许，太多的不同总是与血相连；

也许，那样的碎裂无法带来现实的改变；

但是，我们却因此而学会了谅解，学会了直面失去说一声：再见！

每当它走过我们的身边，渐行渐远。

我的表弟叫强盛，黑黑的，不好看，成绩也一般。我记忆中不曾陪他玩耍过。

他总是喜欢犟着头，仰视着我，然后在大人的示意下叫我一声哥，就羞涩地逃开去。

也许有一天，年龄尚幼的他将失去一个他最爱且最爱他的人，但当新的一天来临，他的一个兄长会教他去学会：如何在太阳升起的时候，对失去说再见！

高处的露台

车快到家了，远远地让司机停在路边。在这个依然喧闹的夜晚，下车步行走完了最后的两百米。在大门口踌躇了片刻，终于还是摁下了电梯的按钮。进门，打开电视，我瘫坐在沙发上，眼神锁定在画面上，心里却还停留在一个小时以前。

"真是很久没有来这里了。"当我们来到和平饭店的屋顶花园，早月面对着眼前的灯火辉煌喃喃地说。我笑了，虽然眼前的风景无数次地出现在各种剧情中，但此时此刻置身其中，我的心还是被触动了。我们兴奋地谈论着浦江两岸的变化，使劲地呼吸着这高处的空气。离中秋尚有几天，头顶的月亮还不是很圆，却很亮。在月光的熏染下，我渐渐遁入了记忆，重回到儿时那高处的露台。

小时候我住在大楼里，是那种很高很大的旧式公寓楼，从大门进入，每层都有很多户人家，本来住的大都是一些单身的职员或小夫妻，但随着住房的紧张，渐渐地也开始两代三代同堂起来。虽然大家住得很近，却因着公寓楼的关系，邻居之间并不多来往，唯一的例外便是我们这些小孩子。捉迷藏、跳格子、官兵捉强盗，楼道间的嬉戏建立了我们之间的友谊，而我们最常去的就是那个大楼顶层的露台了。其实旧式的大楼都有露台，本来主要是供楼内住户晒衣物之用，结果却往往成了孩子们的天堂。我们大楼的露台很大，分前后两块。林立的水箱、纵横的管道、住户们种植的花草和盆景使这里看起来像是城市里另外的一个世界，一个飘浮在高处的世界。

露台是个看烟火的好地方。在那时的黄浦区，我们的露台可算是个至高点了。每逢国庆或春节，一群孩子们总是聚集在这里，沿着露台的护墙一字排开，探着头，踮着脚，看着这个平日里暗淡的城市从低处开始变得灿烂，直至夜明珠的火球跃过头顶，在露台上化作点点光芒。我们总是齐声数着，眼睛紧紧地盯着那满目的辉煌。

露台最好的季节在夏天。也许是太高的缘故，即使天气很热，大人们也很少涉足露台，这就使露台成了楼里的小孩子们在暑假里躲避长辈管教的安全港。每次我挨了打骂，受了委屈，就会一个人躲到这里，坐在护墙上，面对着脚下那个让我越来越迷惑的城市，让风把脸上残留的泪渐渐吹干。这时候总会有一个小伙伴慢慢蹭到我的身边，递上一根吮得只剩一半的棒冰，邀我加入他们的游戏。那时候的我总是一口把剩下的棒冰吞进肚子，然后奋力把那根木棒扔出露台，木棒带着刚才的烦恼一起翻滚着飘落在城市的远处，然后欢叫着加入一边嬉戏的人群中。

　　早月静静地听着我的故事，没有说话，眼睛只是望着远方。风大了起来，她抱紧了自己的胳膊，头发很好看地飞舞着。我欣赏着她那镶嵌在都市灯火背景中的侧面，心想，她也有属于自己的露台吧，那记忆中高处的露台。

　　"对不起，我们要结束营业了。"侍者的话打断了我们的沉思，蓦然四顾，竟发觉我们已是这楼顶上唯一一桌顾客了。走出和平饭店，打车上了高架。我俩都沉默地望着窗外，城市的灯火渐渐阑珊，可我的目光依然不忍远离。突然，早月转过头来问我："那样的露台还会有吗？"我注视着她那双清澈却疲惫的眼睛，没有回答，只是握住了她的手，紧紧地握生，紧紧地……

世间所有的不期而遇，

都是蓄谋已久，

心里所有的劫后余生，

都是海市蜃楼。